朵拉◎著

月球旅馆

人生没有唯一正确的答案

民主与建设出版社

·北京·

图书在版编目（CIP）数据

月球旅馆：人生没有唯一正确的答案 / 朵拉著 . ——
北京：民主与建设出版社，2021.3（2021.8 重印）
ISBN 978-7-5139-3345-2

Ⅰ . ①月… Ⅱ . ①朵… Ⅲ . ①故事 – 作品集 – 中国 –
当代 Ⅳ . ① I247.81

中国版本图书馆 CIP 数据核字 (2021) 第 017918 号

月球旅馆
Yueqiu Lüguan

著　　者	朵　拉
责任编辑	程　旭
策划编辑	张意妮
封面设计	天行云翼
插　　图	一　白
出版发行	民主与建设出版社有限责任公司
电　　话	（010）59417747　59419778
地　　址	北京市海淀区西三环中路 10 号望海楼 E 座 7 层
邮　　编	100142
印　　刷	朗翔印刷（天津）有限公司
版　　次	2021 年 3 月第 1 版
印　　次	2021 年 8 月第 2 次印刷
开　　本	787 毫米 ×1092 毫米　1/32
印　　张	8
字　　数	110 千字
书　　号	ISBN 978-7-5139-3345-2
定　　价	59.80 元

注：如有印、装质量问题，请与出版社联系

读者推荐

《月球旅馆》是关于成长的故事，关于那些我们都会面对的难题，我也还在探索，还在努力。人生，不管什么年龄，都会有新的挑战，你敢不敢重新出发，去探索更多的可能性？在路上，自我觉察和与孤独相处是找寻真我的第一步，这本书也许会给你更多的力量。希望所有人都可以拥有行动力，懂得爱，愿付出，成为自己的英雄。

——**伊能静**（演员、歌手）

《月球旅馆》写了很多年轻人追问自己的故事，这些故事有各种各样的结局，却没有唯一正确的答案。年轻时我们不擅长选择，却很容易被突然而来的一束光照亮，这本书就像一束光，相信你也能找到自己的"美好"，值得你"浪费"一段生命。

——**吴晓波**（财经作家）

在我自认为最好和最坏的时候，我都会被推着思考人生。生活是一面镜子，照出我们真实的样子，幸运的是，作为演员我还可以在角色里体验更多面的人生，然后反过来修正自己的生活。他人的故事跟我们自己的思考撞击的瞬间，总能给我们带来新的启发，这本书里记录的片段人生，就像带你闯进时光里的一个个小剧场，看一段他人的戏，让自己的心醒一醒。

——**陶虹**（演员）

自剖越深，活得越真。希望你在读过《月球旅馆》的故事后，开始踏上洞见自我之旅，有勇气活出真实的自己。

——**乐嘉**（作家、性格色彩创始人）

每个年轻人的心里，都有一块自留地。需要力量的时候，它是你的万神殿，负责从回忆里汲取爱和温暖。感觉疲惫的时候，它是你的小树屋，你可以暂时停下奔忙的脚步，进来躲一躲。《月球旅馆》讲述了 27 个都市年轻人从天真到成熟的心灵成长故事，在爱与被爱的过程中，他们一路失去、一路收获，一步步变得温柔，也逐渐意识到：生命中发生的一切，原来都有缘由。

——**末那大叔**（作家、情感自媒体人）

《月球旅馆》如同一面镜子，照见真实的你；也如同一把剪刀，把那些缠绕在我们内心深处、紧紧束缚着我们的绳索剪开，帮你松绑！希望我们的内心都足够柔软，即使看清了世界的真相，我们仍然相信：月球上有一个旅馆，旅馆上住着一个小精灵。它会一直守护着你！

——**黄伟强**（壹心理创始人）

生活本来就没有标准答案，按照自己的节奏、步调来！不跟随，做自己！愿每一位读者都能在月球旅馆温润的月光里，找到让心回家的路。

——**青音**（家庭治疗派心理专家）

"月球旅馆"就像人生旅途中让人歇息一会儿，调整自己，重新出发历练自己的地儿。它让我在潜意识中积蓄力量、希望与勇气。

——**张宝蕊**（心理学家）

《月球旅馆》有 27 个关于心灵的故事，读读看没准哪个对你有用！我读了，留下了很多触动自己的时刻。

——**董如峰**（心理咨询师）

心理学对人的最大帮助并不是知识，而是体验。读《月球旅馆》的故事是一次温柔而深入的体验旅程，是一次改变之旅。

——**黄启团**（实用心理学导师）

《月球旅馆》的每一个故事都为我们展现了这世界的不同面向，让我们惊喜地发现，无论你是平淡如水还是千回百转，那背后总是别有洞天。

——**张专**（心灵坊图书出品人）

我们多一分对世界，对自己，对关系的好奇心，就会多一份勇敢，活出更真实的自己，在《月球旅馆》的故事里可以遇到意想不到的自己。

——**吴小飘**（亲密关系策划师）

每一个人都正在成为"孤岛"，我认为"孤岛"有两重性。一重是社交距离的"孤岛"，可称之为群体的孤独；而另外一重，是人们更加重视自我审视。《月球旅馆》恰恰为我们提供了这样一个心灵成长空间，在香氛、烛光、冥想中，蜕变成一个新物种。

——吴声（场景实验室创始人）

最可怕的是——你不知道自己，不知道什么。《月球旅馆》让你开始你的一段关于自我，关于爱的探索旅程。

——张国涛（DR 珠宝 CEO）

特殊的 2020，更多人需要寻找自己的"小气候"，学习日常生活里的深运营。刘丹的这本书并不是鸡汤文学，有科学又平实恬淡，和你一起找到随处可栖的归宿，再出发便是少年。

——黄月英（城智更新研究院创始合伙人）

《月球旅馆》会给你疲惫的心开一间房，当你翻开"借宿"的时候，你会"白日梦"到很多段人生。书床会带你进入这些主人公的世界。观人，悟己。通过"借阅"人生，你会找到自己的世界，世界也会找到你。

——苏然（妙创意创始人）

冥想和静思有助于脑神经的养护，给自己保留一处可以停歇的"月球旅馆"，在创业路上可能会迸发更多创意。

——陈杭（文化产业投资人）

自我经常是瞬息万变的，刘丹作为拥有历史系毕业、出版业就业、心理学创业的三维人设的人，让我最好奇的就是她如何站在宇宙、人、神的"复眼"视角给出的关于人的现实关照和灵性拿捏，愿这本书和照耀今古的月球一样，轻轻懂你，无声陪伴。

——聂凡鼎（著名 IP 策划人）

　　我愿意把这本书推荐给更多人，因为它可以让每个人都变成自己心灵的阅读者，走出心理误区、解开心理症结，用一种更平和的方式去面对、去接受、去放下、去改变，从而完成自我修炼，找到真实的自我，过上更好的人生。

——吴娜妮（曲美家居集团副总裁、
IMG 挪威躺品牌主理人）

　　创业 6 年，一直举步维艰，创业如修行，需要埋头过坎，历事炼心。好友刘丹的《月球旅馆》，给我的第一印象就是一扇大海中、宇宙中的任意门，在那里可以有自我的休整空间，也可以随时转向新的开始，奔向无限可能。

——林少（十点读书创始人）

　　不知道什么原因，这几年我和刘丹竟然成为还算不错的朋友，是因为在我创业早期她作为标杆客户和推荐者对于我的帮助？还是她的天真和洒脱，让我觉得和文化人沟通也毫无距离感？如果你正在读这本书，希望你也能成为她的朋友，那一定是快乐的。

——鲍春建（小鹅通创始人）

① 故事与真相

在飞机上翻看刘丹的《月球旅馆》，一个很早就萦绕在大脑里的问题，蹦了出来：我们要不要告诉孩子月亮上没有嫦娥？

嘘，你可能有了自己的答案。不着急回答，我先分享两个小故事：

1. 高反与红景天

我爱作死！喜欢把自己逼到绝境，所以，每年都会约上一群小伙伴去无人区徒步。

在无人区，最担心的问题之一就是高反，这个事情可大可小，有人高反起来真的是痛不欲生。很多第一次去高原的小伙伴，为了抵抗高反，往往会准备很多缓解症状的保健品。

作为一个钢铁直男，这时我都会如炮弹般跳出来，把自己调成科普脸，语重心长地把"真相"塞给小伙伴：市面上推荐的抗高反药基本都没啥用，包括红景天什么的都是保健药……

我觉得，我有义务让小伙伴看清楚这个世界的真相！

可是，当真正进入无人区看到小伙伴因为高反生无可恋的时候，你会特别想找一个"东西"帮助他们缓解因高反带来的痛苦。也许，这个"东西"并不会真的能在物理层面起到作用，而是此刻"痛苦之人"需要一个仰仗，并与之合谋，让"安慰剂效应"充分发挥作用，以此来缓解高反的症状。

高反药是一个"想象的共同体"，这也是世界的真相啊！往后余生，每每看到户外的萌新又在准备红景天，我都会一脸"过来人"的神情，带着慈父般的微笑告诉他们：嗯，这个东西非常有用，备着吧！

2. 精神病人和蘑菇

这是一个耳熟能详的故事，也是我深爱的一个小故事。

有一个精神病人，以为自己是一只蘑菇。于是他每天都撑着一把伞蹲在房间的墙角里，不吃也不喝，像一只真正的蘑菇。

他遇到了一个奇葩的心理医生！医生并没有去纠正病人的认知，让他认清这个世界的真相。医生做了另外一件事情，也撑了一把伞，蹲在了病人的旁边，并告诉他：我也是蘑菇。

然后，医生站了起来，在房间里走来走去。病人就问他："你不是蘑菇吗，怎么可以走来走去？"医生回答说："蘑菇当然可以走来走去啦！"病人觉得有道理，就也站起来走动。

又然后，医生开始吃东西。病人又问："你不是蘑菇吗，怎么可以吃东西？"医生理直气壮地回答："蘑菇当然也可以吃东西啦。"病人觉得很对，于是也开始吃东西……

几个星期以后，这个病人已经可以像正常人一样生活了。虽然，他还是觉得自己是一只蘑菇。

两个小故事分享完了，关于要不要告诉孩子，月亮上也没有嫦娥，相信你已有了自己的答案。

我们生活的世界充满着"真相"和"故事"。对于那些探求世界真相的科学工作者，我们心怀敬意；对于那些用故事慰藉世人的文字工作者，我们满心感谢。而这里，我们感谢的是刘丹。

世事无常！如何去缓解我们融入这个世界的不适和焦虑？你或许有许多朴素的自我治愈的小方法，你或许也翻阅过许多心理学方面的科普，甚至你还寻找过心理咨询师，陪你在内心的宇宙旅行。但是，刘丹给了另外一个方法：心理小故事。

《月球旅馆》是一本充满着心理隐喻故事的小册子，书中主人公遇到的问题，我们曾遇到过，或许将来会遇到，它们如同一面镜子，照见真实的你；它们也如同一把剪刀，把那些缠绕在我们内心深处、紧紧束缚着我们的绳索剪开，帮你松绑！

希望我们的内心都足够柔软，即使看清了世界的真相，我们仍然相信：月球上有一个旅馆，旅馆上住着一个小精灵。它会一直守护着你！

黄伟强　壹心理创始人

2020年10月于广州

② 一趟缓缓的心灵之旅

在大学毕业、风华正茂的时候，我的父亲离开了。当时的我其实无法真正接受这个打击，随后爱上的一个男孩也离开了我。

那段日子很难熬。最后帮助我挺过去的，是自己给自己做了一个幻想的承诺：他们并没有离开我，他们只是去了一个很遥远的星球，当我过完这辈子以后，我就会和他们在那个星球上重聚了。

你可以想象，当我读到《月球旅馆》第 1 篇故事里，老师安慰主人公说失去的亲人并没有离开，只是灵魂飞去了月球里的时候，我内在的那番涟漪又涌起来了：一种淡淡的被理解感和发现居然别人也会做同样的事情的惊喜感涌上了心头。

《月球旅馆》收录了 27 个小故事，分别按照不同的主题排列，每个故事根据情节还包含了不同的心理学知识点，以及当事人不经意的富有哲理的话语，有的可能因为自身的境遇不到，没有什么感觉；而有的，却能突如其来地击中你内心那柔软的点。

有这样一句话，就让我回味了很久：

你要给自己一个承诺，给自己一个决定，这样，你追求的东西，就会与以前有完全不同的含义，它会变成你自身的一部分，你不会再给自己设置障碍，而是会想尽办法解决障碍。

这是其中一篇故事里一个叫老莫的人对主人公说的一番话，目的是为了帮助他从合理化自己行为的怪圈中解脱出来。

让我回味很久的原因，是我在思考我自己是否也有这样的行为。因为过去的一些失败的经历，让我对于自己在一个复杂的环境中干出一番大事业，并没有坚定的信心。所以会不时地告诉自己：我对做大事业不感兴趣，我对赚大钱不感兴趣。

这一方面也许让我少操心很多事情，但另一方面却也完全限制了我的选择：我不会主动去社交，我不会积极地寻找机会，我也会稚嫩地看到很多事情上的纰漏从而不再投入和深究。

就好像一个故事里写到的，一个过分聪明的人，因为有了一些限制性的信念，从而在从事的每一个行业里，都只能看到其不好的一面，最后碌碌无为地到了中年，空浪费了一身才华。

那解决办法是什么呢？

老莫给主人公的方案是：你要给自己做一个承诺。

虽然故事并没有具体说，为什么要做这样的承诺，但我的理解是这样就可以把原先的"我不够好"的视角，转移到"我要做什么才能完成这件事"的视角。

　　而这种视角很大的一个用处就是：可以让你摒弃情绪和小我对自己的干扰，沉浸于这个事情和终极的目标之中，你就会少了很多的阻碍。

　　所以这些故事并不只是简单的故事，如果你深刻地去体会它，当你的内心在一刹那被触动的时候，能够抓住那小小的触动，深入地去探究它，也许这类触动反而能成为打开你局限的一把钥匙。

　　就好像在我的认知课上，很多时候，一个人内心真正打开，往往在于自己和他们分享的一个个似乎不起眼，而又闪烁着各种光芒的小故事中。

　　当然这些故事很有可能只是一颗种子、一个起点，后续，你和我都还有很多的功课要做、很长的路要走。

　　无论是通过刻意的练习、对于限制性信念的持续的改造，甚至有勇气去实际地踏出一步又一步，人生是一个慢慢完成自己对自己的期许的过程。通过运用自己的内在能量和资源，逐步扩大自己的舒适圈，而后，你也许会发现自己离自己的承诺已经不远了。

　　毕竟，就像书中提到的，我们的烦恼和痛苦都不是因为事情的本身，而是因为我们加在这些事情上的观念。

顾及 北京大学斯坦福中心"人际互动学"项目主任
2020年10月13日于北京

③ 聪明与智慧

我一直觉得刘丹是个特别聪明的人。

聪明的特征是：

1. 如果不是互惠互利，绝不委托朋友办事。

2. 绝不让朋友评价自己的作品。

尤其是后者。

作品其实就是自己家的小孩，对方说"好看"大抵只是客套，说"不好看"……那还能继续做朋友吗？这么高风险低回报的事，聪明人肯定是不会做的。

但刘丹却偏偏要给我看这个"孩子"，不但要评价，还得白纸黑字地写下来。这个不智之举令她的聪明人设瞬间崩塌，也让我倒吸一口凉气：糟了，这下要做真的朋友了！

初见刘丹时，她挑染着一头紫色的短发，满脸都是知情识趣的模样。但这根本迷惑不了我，因为我对这类人的气味特别熟悉——瞧瞧那狡黠不屑的小眼神，再听听那似褒实贬的小挑衅，里里外外都透着一股不嫌事儿大的"作死"倾向……就像我。

是的，我跟她在本质上算是同类，我们都会忍不住将人性的幽微之处无限放大，并下意识地去挖掘"背后的真相"。只是刘丹比我要社会多了，她见识乃至操持过各种大场面，从来都是以"顾全大局"为第一序位。

而这也正是我跟她的距离所在。

没错，我总觉得刘丹太聪明了，她总是进退有据、算无遗策，你可以说她是个成功的经理人、运营者或策划师，但很少能看到属于她自己的那份真性情。虽然在一些特殊的片刻，我觉得她几乎就要卸下战甲了，但一转头间，"大局观"又会习惯性地占据上风。

这可能就是"精神敏感者"的宿命吧，生活那么粗粝，容不得豌豆公主一般的娇嫩，所以只能随身穿着厚厚的壳。

然而在拿到这本书的样稿时，我竟偷偷地舒了一口气，喔，原来刘丹并没有系统脱敏，在那个硬邦邦的社会面具下面，还藏着这么多细腻柔软的小触手……只不过我还想跟刘丹继续做朋友，所以不会去评价作品本身的好坏美丑，我只会说：这个孩子，是活的。

活着其实是多么的难啊，我们终其一生努力学习为自己打造"聪明"的外壳，却对脆弱的智慧视而不见。但聪明是用来防御和作战的，只有智慧才能融合彼此。

由此，我很荣幸能见证刘丹这个"活生生"的孩子面世，更高兴的是，我们正在将那份坚硬的社交关系，转化为脆弱不堪的友情。希望刘丹能一直保护着这份"活性"，心理学上叫"幼化持续状态"，抖音里叫"我还是曾经那个少年，没有一丝丝改变"。

祝大卖。

丁锐 作家、死亡体验馆创始人
2020年10月于上海

④　在故事中疗愈

在微信上收到刘丹发过来的书稿以及写推荐序的邀请时，我一开始很讶异。因为，我是个在北京没什么名气的人，基本上，跟住在北京的刘丹比起来，我差不多就是住在绝情谷底的"小龙女"后代吧。

平时躲在美国乡下两州交界的两个小镇里，过去几个月因为疫情，也大部分都改成做在线咨询，每周出门采买的工作也能免则免，所以，除了偶尔来办公室的来访者，我日常见面的人，一只手就数得完，就刚好五个。但转头一想，我过这样简单的生活其实已超过十几年了。

于是，带着讶异与困惑，看完推荐序及整本小说后，我好像更理解刘丹了，刘丹真的可以跟许多个性迥异的人做朋友啊。这样的人生阅历所带来的广度，也显现在本书一个又一个的心理故事中：跟随心理导师见证人性的年轻人，被很会赚钱的姑姑测试人心的唐薇，对气味敏感而偷偷被店长培训成调香师的茉莉，离婚后焦虑悲观的芒果，在城市底层打各种工却比谁都正能量的小马……

在这样的广度中，每一篇故事间好像又有关联。但如果读者较真起来，想整理出所有故事之间的人物关系，肯定会感到挫折，因为一篇篇故事之间，又是断裂的。

断裂之中，却又有千丝万缕的关联，这也是我分别在2000年与2018年两次短暂拜访北京市区时的感受。这世界发展的速度如此之快，很多人的心灵正遭受到各式各样的考验。各式各样的挑战就体现在北京街道、建筑、餐厅以及人际互动当中。

这不也正是旅馆的特色吗？一个个曾经出现在旅馆中的人，彼此之间没啥关联，但同时，隐隐约约地，被吸引到同一个旅馆的人，或许就有种说不清的缘分。

于是，刘丹笔下的故事有的让我眼眶微润，回想起那年少的纯真情怀，但有的故事，却让我胆战心惊，那轻描淡写的字句间，仿佛让我看见人性最深层的贪婪与残酷，可同时，在那黑暗中，却似乎又透出一丝光明。

这样的起起伏伏，让我发现，这不是一本适合一口气读完的书。因为，每个故事对不同的读者来说，都像是一杯口味不同的咖啡或烈酒。

就像你不会一口气连续喝二十几杯口味不同的咖啡或烈酒，你会分别找时间来品尝。品味完后，你也会根据心情，选择接下来想做些什么。这也是我推荐你阅读本书的方法。

读完一个故事后，回到生活中做些什么，让这杯咖啡或烈酒，在你的身体与心灵深处慢慢扩散开来。

这可能是，跟随着年轻的 Sunny 看完心理导师的人性脆弱后，到厨房切切西红柿：一个个把西红柿洗干净，再一刀刀把西红柿切成块。然后，看着西红柿在果汁机中被绞碎的同时，回头看看那个也曾经崇拜过某个大师的年轻自己？

这也可能是，一边看着由悲观转向拥抱丰盛的芒果后，发现自己的负面心态说不定就是一直限制自己的原因之一，就在衣橱里拿出好久没穿的大衣与皮靴，让自己下楼一边走路，一边吹风，一边想想自己最近给自己的人生脑补了什么负向故事？

当然，也有可能，你读完某个故事后合上书页，没特别想啥，只是刚好听到一首在心里面可以搭配这本书的歌。例如，我就刚好遇到歌手吴青峰在 2017 年为某电影演唱与作词的配乐《月亮河》。

熟悉的旋律来自电影《蒂凡尼的早餐》中奥黛丽·赫本演唱的英文歌"Moon River"。气质高雅的奥黛丽·赫本，在这个电影中饰演的却是来自底层，在繁华都市中用身体换取生活，在窗户外看着蒂凡尼钻戒做梦的年轻女孩。

听着吴青峰轻柔地唱着："月融了，滴在我脸上，淹没我的悲伤，几两。说梦的人，害惨了人……"故事，如梦。而人生，没有唯一的故事。

胡嘉琪 咨询心理学博士
2020 年 11 月于美国华盛顿与爱达荷州

目 录
CONTENTS

内心的万神殿

成熟的爱要有力量

无论和解、妥协,还是原谅,都需要具备足够的力量和勇气,终有一天,你会发现,事情未曾改变,可是你已经改变,已经有力量面对过去,也有能力拥有新的开始。此刻,就把它寄存在你内心的万神殿里吧。

月球旅馆

在本以为会发现可憎之物的地方，我们看到
了神祇；在本以为会杀死另一个人的地方，
我们杀死了自己；在本以为会向外远游的地
方，我们来到了自我存在的核心；在本以为
会孑然一身的地方，我们却与全世界在一起。

——约瑟夫·坎贝尔

　　在我的记忆中，妈妈、哥哥从未与我讨论过爸爸自杀的事。父亲出事后的一年多时间里，我好像什么事情都没有发生过一样。

　　直到某一天，学校要求填写表格，写父亲一栏时，我突然意识到他不在了。他的名字应该像电视剧里死掉的人一样打个黑框。从那天开始，每当睡觉，无尽的黑暗就会侵袭过来，我只得用被子把脑袋遮起来，死死地闭上眼睛。但那夜更黑了，我每天都不知道自己什么时候睡去，所以第二天会困得要命。因为每天都强打精神，有一次我竟然在兴趣小组睡着了。醒来时，教室里只剩下我和冬梅老师。

　　冬梅老师说："我发现你上课睡觉好几次了。你没休息好？是熬夜写作业了，还是对老师的课不感兴趣？"

　　我摇摇头。

　　冬梅老师说："你可以告诉我原因吗？"

　　她轻声软语，完全没有责怪的意思。我小声地问："每个人都会死吗？"

　　冬梅老师在我对面坐下，说："是的，每个人都会死。"

　　"人死了，是不是一片黑暗？会不会害怕？"我问。

　　冬梅老师想了很久，说："他们变成了我们看不见的样子，可能在我们周围，可能在地下，也可能在天上。如果他们没有遗憾，灵魂会飞到月球上。每个人都会在那里和他的亲人相遇。你知道月球为什么会发光吗？因为他们的灵魂会发光。"

从那天起，黑暗巨大的影子就很少在夜晚来临。

我妈妈有经商天分，在火车站旁边开了个旅馆。有个男孩儿总蜷着身子孤独地倚在旅馆的墙角，显得特别弱小。他头发和脸脏兮兮的，手也皲得厉害。他叫豆芽，比我小两岁。写完作业后我经常会跟他玩一会儿。

周末到晚饭点了，豆芽还不愿回家，我问他为什么。他怯怯地说，爸爸今天喝酒了，他性情暴躁，嗜酒如命，喝了酒就会打自己，而且打得非常狠。怪不得豆芽身上总是青一块紫一块的，有时鼻孔里还有血迹。

我回旅馆跟妈妈吃了晚饭，出来时豆芽仍然在墙角蜷缩着不敢回家，我给了他半个馒头，他慢慢地吃着。我突然想起了月球旅馆的故事，并把它分享给了豆芽：

在月球上有家旅馆，旅馆里住着一只怪物，它长得很丑，但是它比地球上的任何人都善良。每逢月圆之夜，它都会站在旅馆的窗口，拿着望远镜看地球。它还有一个神奇的弹弓，能够从月球射到地球。如果看见地球上有坏人干坏事，或者欺负小孩子，它就会用弹弓射他的脑袋，biu——坏人的脑袋马上就会冒出一个大包。怪物的脾气很古怪，要想它帮你，你需要许愿——

豆芽抬起脑袋，看着天空的月亮，说："我想……"

我拦住他："许愿不要说出来，说出来就不灵了。"

我不知道他许了什么愿，后来听说那天晚上豆芽的爸爸没打他。半年后他的爸爸跟朋友喝酒到深夜，骑摩托回家摔进路边的沟里，直到次日才被发现，做完检查后发现脑袋受了伤。爸爸卧床接近半个月，医生警告他必须戒酒，否则小命不保。他竟然真的从此戒酒了，再也没打过豆芽。

没隔几年，火车站搬迁到郊区，我妈妈的旅馆就此停业，我和豆芽也渐渐失去联系。

再次遇到豆芽是在二十年后他的婚礼上。那时我大学毕业刚刚工作，搞不明白豆芽为什么费尽周折邀请我参加婚礼，我们不是亲戚，不是同学，也不是邻居，只不过小时候在一起玩过几次。

但是出于礼貌，我还是去了。豆芽长大了，干干净净，身体结实，像举重运动员，跟记忆中蜷在墙角里又脏又瘦的孩子判若两人。豆芽问我是否还记得月球旅馆的故事，豆芽说他一直相信月球上真的有个旅馆，旅馆里有个拿弹弓的怪物，它能听到孩子的许愿，守护他。当他渐渐长大，知道事实上根本不存在月球旅馆，他难过了好一阵子。

豆芽的女朋友，也就是那天的新娘，是个护士。每次遇到特别害怕打针的孩子，她就会收起针筒，神秘兮兮地对孩子说：你知道月球上有一个旅馆吗？

大多数孩子都会充满好奇地看着她。

那个旅馆是纯白色的，白色的屋顶，白色的窗户，里面住着一只长得很丑的怪物。它很孤独，因为月球上只有一个旅馆，旅馆里只有一只怪物。它总是站在窗口，看向地球。它有超能力，当它看到地球上的孩子生病住院了，就用弹弓把自己发射到孩子的身边——

这时她会拿出一个预先藏好的毛绒玩具，孩子们的注意力被玩具吸引了，不再哭闹，不再挣扎，她就一针扎下去。

我远远地看着穿漂亮婚纱的新娘，正在和一群人聊天，她好像也看见了我，笑着朝我打了个招呼，温婉动人。我庆幸自己来参加豆芽的婚礼，庆幸那个源自冬梅老师的故事能够延续下来。

月球旅馆曾是我和豆芽心里的光亮，也是我们心中的万神殿、补给力量的秘密花园，真实而又虚幻。我曾经以为它消失了，其实并没有。我们在暗夜中行走，它在照亮前行的路，只是我们习惯它了，以为它不存在。

终有一天，你会发现，事情未曾改变，可是你已经改变，已经有力量面对过去，也有能力拥有新的开始，别急，但别停。

《千面英雄》的作者说过，每个人都拥有自己的、未被识别出来的，但是蕴藏着强大能量的万神殿。在成长过程中，我们经常会遭遇一些不愉快和失望，甚至是命运的无常，幼小的我们对现实的理解是有限的，也没有办法得到足够的支持和解释，那么我们就需要把内心暂时无法面对的阴影，寄存在一个美好的精神居所——内心的万神殿，静待自己内心花园的慢慢丰盛，踏上自己的英雄之旅。英雄有一千张面孔，每一面都是我们自己。

如果备选无答案

你得学学如何选择你所思考的东西，就像每天挑选穿什么衣服一样。这种能力是可以培养的。假如你那么想控制自己的生活，就从脑子着手。你只该试着去控制这样东西。

——伊丽莎白·吉尔伯特

很久以前，Sunny 不像现在这么毒舌，她还是个很乖的孩子，像大多数人一样，有个严厉的母亲，有一些严厉的老师。她发自内心地尊重她们，从来没想过质疑她们。初三模拟考试，试卷上有道介词填空的选择题出错了，四个选项都不对，她明明知道 ABCD 中没有正确答案，还是选了一个。在她看来，这可是五号宋体字印刷的试卷，它要让你在四个选项中选出一个正确答案，怎么可能没有正确的呢？老师在判卷时，所有做出选择的学生都没给分，因为有人在这道题上什么也没选。Sunny 很疑惑，那个人怎么敢什么也没选。

Sunny 读心理学研究生时，导师是她的人生榜样，导师言必称"共情和无条件接纳"。导师两年前离婚，独自带着 17 岁的儿子生活。她的儿子先天性耳聋，戴着助听器，活泼好动，除了习惯性地大声说话之外，没有受到耳聋的任何影响，这肯定得归功于导师的悉心教养。导师热心学术和公益，优雅、温暖而有力量，是 Sunny 眼里的完美母亲。

导师做了个项目，需要一幅插画，先是找了昆明的插画师小野试稿，报价 5000 元，后来又找了个重庆的插画师，报价是 1000 元。导师的项目没有多少经费，自然选了重庆的插画师。两幅画的风格有点像，小野说导师剽窃了她的创意。

这两幅画 Sunny 看过，说剽窃有点牵强，风格像是因为导师提了相同的要求。无奈小野觉得是剽窃，她在社交媒体上跟导师隔空喊话，要求导师赔礼道歉并补偿损失。导师从来不是肯示弱的人，亮出自己的证据，表明两幅画是同时创作的，没有谁抄袭谁的问题，然后圈了小野。小野认为那是伪证，不依不饶。导师的学生颇多，纷纷上来助阵，有人查出小野是小学老师，偶尔在外面接一些私活，与此同时，还在官渡区开了个补习班。这事儿在网上越闹越大，小野所在的学校知道了，找她谈过几次话。偏巧不巧，小野有轻度抑郁症，本来治好了，现在压力这么大，一下子复发了。她情绪低落，有时上着课就哭了。学校怕出事，提前解除了聘用合同。

导师到底是个善于反省的心理学家，小野的离职让她心生愧疚，可是让她认错又心有不甘。她非常纠结，自己到底有没有错？她拿这个问题去问 Sunny，Sunny 从来没想过导师做得有没有错，就像她从来不会质疑五号宋体字印刷的试卷一样。导师苦笑着说："我问过很多朋友和学生，他们的回答和你一样，都说跟我无关，因为你们在我身上投入了情感因素，所以不客观。"

导师想到一个主意，她要带 Sunny 去昆明一趟，不坐飞机，只坐动车和出租车，在路上随机找五个陌生人，让他们做出判断。如果多数人认为导师错，她就去向小野道歉；如果多数人认为导师没错，她们就去滇池喂海鸥。心理学家总会做一些出人意料的试验，所以 Sunny 并没有觉得导师的主意特别奇怪。

导师做事向来雷厉风行，准备好行囊后第二天就和 Sunny 上路了。第一段旅程是从北京坐动车到太原。刚开始 Sunny 还担心，怎么跟陌生人搭讪，人家愿不愿意跟你聊天？事实证明，她的担心是多余的，导师的沟通能力超强，几句话就和对面一个做美容的姐姐熟络起来。姐姐在太原有好几家美容院，刚从北京学习回来。导师讲起小野的故事，为了避免那个姐姐在判断时投入感情，讲到自己时一律用某老师代替。

姐姐说某老师没有错，错在插画师。比如，她们做美容的，你家给顾客文挑眉，他家也给顾客文挑眉，这要算是抄袭，生意就没法做了。你还把抄袭的事儿发到网上，不是碰瓷吗？导师又说了一段自己的经历。没离婚之前，总是前夫下厨房，几次她在客厅跟前夫说话，前夫都不理她。她以为前夫故意冷落她，非常生气。前夫从厨房出来，她就会质问前夫，前夫觉得莫名其妙，两人也因此关系日渐冷漠。离婚之后，她自己下厨房，才发现厨房油烟机打开的时候，巨大的轰鸣声充斥耳畔，这时无论谁在客厅里用多大声音说话，厨房里的人都听不见。导师说，她和前夫离婚的原因是，她不知道前夫"听不见"，前夫也不知道他"听不见"，更不知道她不知道他"听不见"。导师的意思是，插画师小野目前正处于这种状态。

第二段旅程是从太原到郑州。她们遇到一位教师，趁暑假带孩子去龙门石窟。听完小野的故事，教师想了半天，他觉得这件事里没有谁完全无辜，每个人多多少少都有责任。首先，小野没有查清事实就说人抄袭，这是她的错误；某老师的问题则是在社交媒体上把她挂出来；某老师的学生曝光插画师的隐私就更加不对。如果非让他判断谁对谁错，他判断某老师错。听到这里，Sunny 非常不舒服，她宁愿相信自己错，也不愿意导师错。她悄悄对导师说："也许他跟小野一样，背着学校偷偷地给学生补课。"导师说："你不能因为人家否定你，就恶意地揣测人家。"Sunny 实在无法想象导师会错，最主要是那些东西构建了 Sunny 自我认同的一部分，质疑就是否定自己。

在接下去的旅程中，Sunny 和导师相继遇到一个去武汉开会的医生、一个回成都上班的码农、一对去昆明度假的夫妇。他们无一例外都认为某老师有错，码农说老师错在明明可以阻止学生的行为，却没有阻止，和学生形成同谋。医生则说老师在社交媒体上有影响力，但是不知道限制自己的影响力。那对夫妇则是出于同情插画师、不希望自己像插画师那样被人曝光隐私。结果出来了：4 比 1，导师错。

按照导师最初的想法，如果多数人判断她错，她就去小野家道歉，但是，导师最终没有去找小野。到昆明之后，她收到儿子的信息，他的助听器丢了，她需要立刻返回北京处理。她让 Sunny 在昆明玩几天，可以顺便去滇池喂喂海鸥。

看着导师离去的背影，Sunny 忽然觉得那个背影很虚弱。导师应该已经意识到自己出了错，可是没有办法接受自己出了错。

晚上，Sunny 去了著名的文林街，文林街热闹非凡，各种小吃冒着热气，让人垂涎欲滴。在一家卖串串的档口，辣椒的香味扑鼻而来，Sunny 对着翻滚的锅发了好一会儿呆，直到老板问她点什么才回过神。

她一直在想路上遇到的那五个人，想着他们说的话，这让她反复地审视自己，审视导师。她忽然意识到自己和导师的依从关系，她依赖全知全对的人，因为只有在这种情况下，她才觉得这个世界是安全的，即使导师错了，也觉得导师对。

美国心理学家皮尔逊认为：天真者的特质涵盖了内心探索之旅的全貌，每个人的生命中都有一个天真者的存在。在天真者原型主导生命的时候，你会相信一切权威，同时拒绝和否定自己的想法和作为，不愿为自己负责。如果我们否认被控制，就不用为自己作战，如果我们将自己的问题投射到别人身上，自己就不用做任何改变。天真者只有经历越多的危险，他们的世界才会变得越宽广。

姑姑的孩子

你的创伤就是一处圣所，而你将在那里修行蜕变。它们是你救赎的标志，而不是你软弱的表现；它们是你走过的道路，而不是你现在的样子。不要将它们隐藏，不要因它们而道歉，更不要去评判它们，拥抱你的这些伤疤吧。

——芭芭拉·安吉丽思

家里所有的人，爷爷、奶奶、姥爷、姥姥、爸爸、妈妈，都对唐薇说，你对姑姑好点儿，姑姑的财产将来才能给你。唐薇内心骄傲，不肯低声下气地讨好任何人，姑姑好像有些财产，几十万，几百万？她对钱财没有那么上心，只要够自己花就行。再说，姑姑对待家人一向冷淡，春节都极少和家人聚餐，爷爷奶奶过生日，为了避免和家人一起吃饭，她总是提前过来，想对她好都没机会。唐薇猜测，这也许就是姑姑至今单身、仍然没有孩子的原因吧。

唐薇大学毕业之后短暂地做过行政、会计，还在麦当劳做过小时工，然后又失业了。家里人劝她，你三天打鱼两天晒网的，没有一个稳定的工作怎么行？干脆去你姑姑的公司。唐薇没攒下什么钱，前段时间做了双眼皮手术，还是妈妈垫的钱，再没收入，连口红都买不起了。唐薇担心姑姑拒绝她，央求爸爸给姑姑打个电话，问姑姑公司缺不缺人手。爸爸说："什么缺不缺人手，她是你亲姑，你是她亲侄女，去她公司工作不是理所当然？"

唐薇直接去了姑姑的公司。见到姑姑，唐薇感到有些生疏，姑姑看她的眼神根本没有血亲的那种亲近，甚至没发现她由单眼皮变成了双眼皮。她心里暗暗埋怨爸爸，如果不是害怕失礼，她早就转身离开了。

姑姑忙着手里的事，偶尔还有人进来让她签字，她没问家里任何人的近况，也没问唐薇学什么专业，做过什么，只是有一句没一句地讲了个故事：

世界被外星人占领了，只有一家人幸存下来，爸爸、妈妈、12岁的姐姐和5岁的小男孩，四处躲避。他们知道，外星人是瞎子，但是耳朵特别灵敏，只要发出一点声音，就会把外星人吸引过来。在逃跑的时候，5岁的小男孩捡到一只玩具枪，贪玩的他扣动扳机，发出"嗒嗒嗒"的声音，结果外星人来了，杀死了爸爸和姐姐。

故事讲完了，姑姑头也没抬地问唐薇："你觉得这个小男孩可恨不？"

唐薇心里想：怪不得家里人总说姑姑神神道道的，这个故事跟她和工作没有任何关系啊。她耐着性子说："没有啊，男孩只有5岁，他没法理解发出声音的危险性。"

姑姑放下手里的笔，久久地注视着唐薇，看得她心里直发毛。

"你为什么会这么想？"姑姑说，"我拿这个问题问过你爷爷、奶奶、爸爸和妈妈，他们都觉得小男孩儿不可饶恕。"

唐薇说："他才5岁，正是贪玩的年龄。如果是15岁，我会觉得他可恨。"

中午，她们在附近的饭店吃饭。姑姑说："你知不知道我以前有个男朋友？"

唐薇听家人说过，姑姑在北京交过一个男朋友，因为吵架而分手，姑姑伤心欲绝，把北京的房子卖了，回到老家，难过了好一段时间，至今仍对男朋友念念不忘。

姑姑说："你去北京见见他，问他是不是真的爱我。如果他爱我，哪怕曾经爱过我，将来我也会给他留一半财产。"

家里人知道唐薇要去北京，立刻炸了锅。奶奶歇斯底里地说："哪个正常人能做这种事儿？已经分手了，还想着给他留财产！"爸爸说："还不是你养的女儿！"爷爷经多见广，给唐薇出了个主意：从北京回来之后，就跟姑姑说那个男人早就结婚了，根本不爱她。让他一分钱也拿不着。从唐薇收拾行李到出发之前，他们不停地给她出谋划策，告诉她这句话应该怎么说，那句应该怎么说。

唐薇忽然觉得很好笑。他们确实是为自己好，想让姑姑把所有财产都留给自己。可她真的不太在乎，更不想欺骗姑姑。

那个男人叫老张，四十出头，虽然从不去健身房，但身材保持得很好，说起话来温言软语。他和姑姑应该是很般配的一对。老张带着唐薇逛了故宫，又去吃了大董烤鸭。唐薇在路上做过攻略，有驴友说——如果一个人在北京请你吃全聚德，多半是敷衍你；如果请你吃大董，才是真正把你当成亲人。

显然，老张对姑姑仍然有感情。他常说唐薇的哪个表情像姑姑，哪个表情和姑姑截然不同。这时，唐薇提出了姑姑的问题。老张承认，曾经爱过姑姑，不过，他现在已经有了自己的生活。

唐薇很好奇："那你们干吗分手？"

老张犹豫半天，问："你姑姑没说过？"

唐薇忽然意识到姑姑让她见老张，不仅是想听一个答案。如果要答案的话，打个电话就可以了。在她的催促下，老张讲起了自己和姑姑的往事。

老张认识姑姑时，她在国贸上班，和同学租住在附近破旧的小区里，还是一居室；他和同事租住在号称"宇宙中心"的五道口，两地相距 20 公里。每次见面都是老张坐地铁去国贸，他们亲热的时候，就给姑姑的同学 30 块钱，让她去楼下的星巴克喝咖啡。

姑姑的同学换工作搬走了，老张搬进来，自己买漆刷了墙，换了动辄堵塞的马桶和脏兮兮的炉具。他们都是做互联网的，有共同的话题，共同的爱好。老张觉得他们是相爱的，至少，那时他们彼此相爱。直到有一天，老张无意间看见姑姑的短信，短信通知姑姑立刻到某小区缴纳物业费，他才知道姑姑五年前在丰台那边买了房。她不住在自己的房子里，是因为不想上下班挤地铁。

从那以后，他们的关系就变得微妙起来。

两个人刚在一起时你侬我侬，时间长了，情侣哪有不吵架的。而吵完架之后，总是老张主动道歉。他觉得，作为男人就应该哄女人，可是姑姑却并不这么认为。

唐薇大概明白了——姑姑一直是个非常会赚钱的人，家里人就拼命地盘剥她。爷爷奶奶生病了找她要钱，爸爸买车找她要钱，甚至姥爷姥姥买房也找她要钱。唐薇隐约记得，她上大学时，姑姑给过她一大笔奖学金。现在想来，应该不是姑姑主动给的，而是家里人要求的。所有跟姑姑关系亲密的人都在盘剥她，利用她，她就像生活在一个黑色的匣子里。

这就是姑姑和家里人疏远的原因。

老张说："我给你姑姑出过一个小男孩的测试题：外星人占领地球，他们都是聋子。一家四口幸存下来，有个

5岁的小男孩——"

"我来北京之前姑姑给我讲过。"唐薇说。

"它是同理心测试，看你能不能理解别人的情感和思维，能不能站在别人的角度看这个世界。如果你觉得这个小男孩可恨，说明你在用自己的思维理解5岁的孩子，而不是用5岁孩子的思维理解5岁的孩子；你在从自己的角度看这个世界，而不是从5岁孩子的角度看这个世界。"

姑姑没有通过同理心测试。也就是说，她没法理解老张对她的感情，她只会用被盘剥的视角来理解这个世界。在她看来，老张在吵架之后哄她，必定也是图她的财产。

所以他们分手了。

唐薇回想到姑姑的每个细节。显然，姑姑此前并不信任和理解她，也以为她与家人合谋盘剥她。姑姑不会把财产分给老张，让唐薇去北京只是测试她。她觉得姑姑很可怜，家里人很可悲。

"你是家里唯一有同理心的人，也许你能帮助姑姑打开那个心理黑匣。"老张说。

唐薇决定，无论如何都要去姑姑的公司，她要告诉姑姑老张曾经爱过她，不是她想的那样；她想让姑姑看到自己与家里其他人不一样，她想让姑姑从心理黑匣中走出来，哪怕只是把那黑色的匣子撬开一条缝。

有时候，对外界的侵蚀保持某种情绪，包括抗拒、怨恨和愤怒，是恰当的，甚至是必要的。如果我们没有能力驾驭外界的侵蚀，可以给自己构建起抗拒、怨恨和愤怒的坚硬外壳，这是我们的内心在保护我们。"对自己的爱是必要条件，让自我超越成为可能。那种宽容让我们能接纳自己，同时能从内心激励自己去推倒那些把我们与他人分割开的高墙。"

调香师

有心理学家说过，我们最深的伤痛与我们的最大的天赋紧密相连。伤痛经常限制了我们的现在和未来，就像皮肤的伤口会增生，长出扭曲的疤痕，但是一些因为幼时社恐备受嘲笑的人，因为更多的时间与自己在一起，因而能更敏锐地把握情绪，成为更好的艺术工作者或领导者。

茉莉是个高度敏感的人，特别善于观察人的细微表情。她能从你说话声音的高低、腔调的变化，甚至一个眼神，猜到你以前经历过什么，正在想什么；她能从几个人吃饭时的互动，知道谁与谁关系亲近。当一男一女从她身边路过，她能迅速判断两个人是热恋、疏远，还是偷偷地幽会。她最喜欢玩的游戏是猜丁壳，因为她总能预先猜到别人第一次出的是石头、剪刀还是布。

她习惯揣摩别人的心思，总会想方设法地讨好别人。本来她在公司的人缘不错，却有个唯一的例外，就是那个新来的经理。经理不太吃她这一套，对她向来不假辞色。同事们见风使舵，渐渐地开始疏远茉莉。敏感的人大多容易高度紧张，经理坐在茉莉的后面，她总觉得有一双不怀好意的眼睛在审视她。经理咳嗽一声，她都会胆战心惊。

茉莉不仅对人敏感，还对气味特别敏感。她能闻到办公室里每个人新换的香水味，闻到别人沐浴液的味道，甚至能闻到地毯和壁纸发出的酸味儿。总有人在楼层的公共卫生间里偷偷抽烟，虽然公共卫生间离她的座位隔着几道门。从去年开始，茉莉每天上班做的第一件事，就是把自己最喜欢的精油滴入扩香机，香气袅袅升起，虽然各种味道依然存在，但茉莉却慢慢发现，那个让她紧张的经理似乎与她隔离开了。精油的气味似乎能屏蔽她不喜欢的人。

那天，精油快用光了，茉莉下班后特意去商场的专卖店买精油。售货员看见她，照例向她介绍新产品，而茉莉也照例只选她最喜欢的精油。第二天上班，茉莉打开精油的包装，拧开盖子，她敏感的鼻子发现精油的味道与以前的有些细微的差异。差异虽然小，茉莉却觉得很大。就像你闻自己的脚只是觉得有点馊，而猫闻了却会呕吐。茉莉想算了，像她这样的人最讨厌惹麻烦，她一想起售货员那不高兴、使脸色的样子，就仿佛消耗了她所有的精力。

新的精油让茉莉一整天都不自在。她还是去了专卖店，直接问售货员精油里的薰衣草是不是换了产地。售货员说没有啊，两个人正掰扯的时候，店长来了。店长叫王焱，她奇怪地问茉莉怎么知道薰衣草换了产地。茉莉分析说，这精油是由甜橙、洋甘菊、尤加利、薰衣草几款单方精油复合的，其他味道都没变，只有薰衣草的味道不像以前那么甜了，所以她判断一定是薰衣草换了产地。

王焱惊讶起来，原来的薰衣草是欧洲的，最近因为价格上涨，所以换了新疆的。他们的调香师认为两者的差异只有千分之几，人的鼻子不可能分辨出来。王焱说可以给她退，但茉莉想了想，还是买了七八瓶单方精油。

王焱问她买单方精油干吗，茉莉说，她可以调配出跟原来一样味道的精油。王焱半信半疑，这些单方精油没有一个跟薰衣草相似，怎么调配出薰衣草的味道？她半开玩笑地说："你要是调配出来，一定让我看看。"

那是茉莉第一次自己调配精油，她以前从来没做过，完全凭想象和对香味的记忆。她每次去精油店，售货员都给她闻小样儿，她只闻过一次就能记住它们。所以她只调了两次，就配出了和以前一模一样的味道。茉莉特别有成就感，马上给王焱打电话，两个人约了周末在咖啡馆见面。

见面时，王焱把茉莉调配的精油涂在手上，认真地闻了闻，她没法分辨原来的精油和调配出来的精油有什么差别。茉莉说当然了，我都分辨不出来，你肯定也分辨不出来。两人多聊了几句，王焱才知道特定的味道对茉莉来说意味着什么。

"你真的这么敏感吗？"王焱问。

茉莉说："是啊，你要是不相信的话，咱们可以玩猜丁壳。"两个人玩了五局，王焱全败。她不肯服输，追问茉莉有什么诀窍。

"因为我能猜到你第一次出什么。"茉莉说，"你出什么差不多是由你的性格决定的。简单地说，如果你是个性格内向的人，第一次你大概率会出石头；如果你是个特别外向的人，第一次大概率会出布；如果你是个优雅的人，第一次大概率会出剪刀。知道你第一次出什么，我当然会赢了。你输了第一局之后，潜意识里想扳回来，想在第二局赢我第一局出的拳，这受潜意识控制，你来不及想，但是我会想。所以跟我玩猜丁壳，几乎没有人能赢我。"

王焱说："你只去我们店里几次，咱们只偶尔打过招呼，你就知道我什么性格？"

茉莉点点头："是的，因为我比较敏感，但是对我来说，这不是什么好事儿，我特别脆弱，特别容易受伤。"

王焱突然话锋一转："你会不会考虑来我们公司做调香师？"

茉莉在社交媒体上看过她公司老板的演讲，老板是个杀伐果断、不讲情面的狠茬儿，她可不想在这样的人手底下干，所以她毫不犹豫地拒绝了。

王焱说："你可别浪费了自己的天赋。"

茉莉不觉得随便调个精油就是什么天赋，而且她从来没想过做调香师。

她继续干着老本行，继续每天紧张兮兮，用自己调配的精油续命。王焱有时会在微信上跟她聊几句，偶尔相约一起吃饭。王焱热情、坦诚，也不隐藏自己，连小小的私心都会说出来。茉莉在她面前从来不觉得紧张，也用不着神经敏感，她是那种一眼就能看到底的透明人。

王焱对茉莉神奇的嗅觉充满好奇，问她父母兄弟是不是也有这样的天赋，茉莉说家里人只有她是这样的。她说自己嗅觉异常灵敏，可能跟小学时的一个经历有关。她上小学时，经常被欺负，学校用的是旱厕，有一次放学，几个同学把她拉进旱厕，用门板把厕所的出口堵上了。她拼命地推门板，可是门板被木头顶住了，她怎么推都推不开，只能待在臭气熏天、狭小肮脏的旱厕里，任由苍蝇在身边飞，蛆虫在脚边爬。她每呼吸一次，臭气就涌进她的鼻孔，在鼻腔里回旋，停留片刻才进入她的呼吸道，她的嗅觉细胞好像都泡在大粪里。她一直在旱厕里待到了晚上，直到一个捕鱼回来的农民路过，听到她的叫喊声，才把她放出来。从此之后，茉莉就能闻到别人闻不到的东西，家里人都说她长了个狗鼻子。

周末王焱要给客户做线下培训，不凑巧的是公司的调香师临时有事来不了，她问茉莉能不能帮忙救救场。茉莉说不行，她只是鼻子好使，别的东西她也不懂。王焱说："我平时不是给你讲了很多吗？我再给你一本教材，你突击学习，凭你的聪明，肯定可以。"茉莉恍然大悟："怪不得你总给我讲这讲那，原来你早有预谋。"王焱说："是啊，我是早有预谋，你这样的天赋，不利用一下太可惜了。"在王焱的威逼利诱下，茉莉屈服了。那次的培训效果不错，她还跟那些客户玩了猜丁壳的游戏，每战必胜，大家输得很开心。

茉莉闲下来时，也会突然想，我也许真的可以做个调香师。

春节前，茉莉已经放假，正准备回老家，王焱突然找到她。王焱从包里拿出一小瓶香水，说她特别喜欢这个味道，问茉莉能不能调出同样味道的精油。茉莉闻了闻，说："我大约知道你喜欢什么类型的味道了，我可能没法帮你调出同样味道的精油，但是我可以调出这种香调的精油，而且应该更好。"

茉莉春节没有回老家，她把自己的家当成实验室，但她没有复制那味道，而是调制出了另一种味道。王焱收到小样儿时，正独自在家，她在调香纸上滴了一滴精油，轻轻地晃动了一下，一种复杂的香味直击她的嗅觉，她的心脏好像也弹跳了一下，喜悦、心动、淡淡的忧伤，这是触动了她心灵的味道。

　　敏感绝对是种天赋，但是很多敏感的人花费了太多时间清理自己的负面情绪，让自己免于崩溃，很多人连正常的生活都难以为继。这时，他们的人生和关注点需要一个转向，他们可以把关注点放在自己的天赋上，放在自己的优势和潜能上。可以花一些时间练习冥想，让自己静下来，慢慢地连接身体和头脑，挖掘自己的内在资源。

暂停时刻

其实我们一直都处在大脑或思维的控制之下，生活在对时间的永恒焦虑中。我们忘不掉过去，更担心未来。但实际上，我们只能活在当下，活在此时此刻，所有的一切都是当下发生的，过去和未来只是一个无意义的时间概念。通过向当下的臣服，你才能找到真正的力量，找到获得平和与宁静的入口。在那里，我们能找到真正的欢乐，拥抱真正的自我。

——埃克哈特·托利

离婚五年，芒果感觉自己的生活陷入了死循环。

芒果在离家很近的事业单位工作，合同马上要到期，能否续约还说不准；就算续约，微薄的工资也仅够糊口，她要养活正在读小学的儿子和已经退休的母亲，而且芒果患有遗传性糖尿病，特别容易疲乏。这种病不致命，但是需要终身服药，她的身体状况没有办法适应高强度的工作。

芒果几乎每天都在焦虑。她害怕自己像爸爸那样因为糖尿病并发症死去；出去吃饭看见年轻漂亮的女服务员也焦虑，自己的身材发胖，如果失业可能连一个服务员都竞争不过；儿子让她发愁，他虽然从不在学校惹事，但也不喜欢学习，一道数字题能写两个小时，成绩中不溜儿。他将来能干什么呢？妈妈除了兴致盎然地说邻居的闲话，就是去公园跳舞，家里的事好像与她完全无关。芒果想想就生气，咱家都过成这样了，你怎么还傻乐呵？她又担忧，如果妈妈突然生病——小区里很多老人就是这样，早上去公园遛个弯就倒下了——她连住院费都拿不出来。

她经常在闺密群里自怨自艾，闺密说她的论调太悲观。这是悲观吗？这是现实的生活窘境。她唯一的乐趣就是看某个卫视的真人秀，这时，她才能忘记自己年纪轻轻就需要靠漂染来遮掩一片一片白头发的事实。

当然，她也不是完全没有希望，她认识一个落魄的中医药大学博士。博士原来开了个中医诊所，芒果那时体重达到 130 斤，胖得实在没法看，所以去博士那儿减肥。博士的针灸技法不错，几个疗程下来，芒果的体重就降到了 100 斤。后来因为预算有限，她停止了针灸，体重马上又反弹了回来。死循环真是无处不在。

博士的诊所人气冷清，生意惨淡，竟然不如旁边的按摩店和美甲店。她让芒果帮她发发朋友圈，如果有顾客，可以给提成。两个人渐渐熟了，芒果想给博士做兼职。博士相貌清秀，非常上镜，还有自己的专利。芒果已经想好如何帮她做内容，如何运营，如何做产品。她和博士聊过几次，只是博士态度含糊，未置可否。芒果很纳闷儿：博士到底什么意思？她对自己难道有什么不满？自己生活不幸，博士生意落魄，两个人合伙做点事不正好吗？

有一天芒果正在上班，儿子的班主任通知她去学校一趟。她以为儿子闯了祸，匆匆赶到学校。在办公室里，陪同班主任的还有学校的心理辅导老师。原来，班主任发现芒果的儿子最近经常啃手指，每根手指的第一关节都被啃得通红。芒果想起来了，她在家里看见过儿子啃手指，在给儿子换衣服的时候也看见过他手指发红，只是没怎么往心里去。心理辅导老师说孩子啃手指大部分是因为焦虑，问是不是家里给孩子的压力太大，或者总是斥责孩子。芒果说没有啊，儿子没心没肺，怎么会有压力？他成天丢三落四，差不多一周要丢三次铅笔，芒果只因为这件事说过儿子几句，斥责绝对是没有的。芒果很纳闷儿，说："儿子这么小，屁事儿不懂，有什么好焦虑的？倒是我每天很焦虑。"

老师说："孩子虽然小，有些事不懂，但是他能感受到家长的情绪，焦虑是会传染的。你可能在家里无意识地表现出焦虑，孩子看到了，他感受到你的焦虑，也会变得焦虑。"芒果仔细回忆了一下，她的焦虑不分场合，她和儿子吃饭的时候，辅导儿子写作业的时候，接送儿子上下学的时候，她都焦虑过。她以为儿子整天闷声不语，没心没肺，没想到其实他是在意的。

老师说孩子已经出现躯体症状，说明情绪问题很严重了，他只是不会说，所以通过啃手指表达出来，现在最重要的是让他脱离焦虑的环境，也就是说，芒果得让自己的焦虑停下来。

老师给了芒果一根皮筋儿，给她套在手腕上，让她焦虑的时候弹一下皮筋儿，这样，她就会识别出自己的焦虑情绪。弹皮筋儿会让她感觉到疼痛，时间长了，她就会形成躯体记忆，因为疼痛而不再焦虑。这是简单的厌恶疗法。心理辅导老师说，如果还不能改善，就花钱找个专业的心理咨询师。芒果心里说，我要是有钱，还至于这么焦虑吗？

晚上儿子回来，芒果看了看他的手指，他的指关节皮肤暗红、透明，有的已经起了红茧。她仔细地帮儿子涂上凡士林，问："你干吗啃手指，多疼啊。"儿子一脸茫然地说："我也不知道，就是忍不住。"芒果再也忍不住，跑去卫生间，一边洗手一边无声地啜泣。她太沉迷于自己的情绪和焦虑，以致忽视了儿子，忽视了身边的世界。

当焦虑习惯性地来临，芒果就弹手腕上的皮筋儿，对自己的情绪喊暂停。她还使用了其他的方法，比如跳绳、瑜伽。这两项运动能够让她更加专注、不分心。老师说，我们可能没法改变自己的境遇，但我们可以改变对待事情的态度和思维模式。如果焦虑不能改变她的死循环，如果焦虑于事无补，并且让事情变得更糟，让儿子变得焦虑，她为什么还要沉迷于焦虑这种情绪中呢？她逐渐改变对某些事物的看法，比如，闺密在群里发旅游的图片、分享美食和化妆品，她不再觉得她们是在炫富；她觉得妈妈偶尔说说邻居闲话、去公园跳广场舞，傻乐呵也挺好。

博士偶尔会跟芒果一起吃饭，或者邀请她去诊所里聊聊。看见芒果有时会弹一下手腕上的皮筋儿，博士就问她这是在干吗，芒果说是在治疗焦虑。不久之后，博士问芒果还考不考虑给她做兼职，她想把一部分内容和运营交给芒果打理。

真是出乎意料的惊喜。芒果立刻说当然想了，这是她梦寐以求的。她非常好奇博士为什么现在想跟她合作，博士跟她说了实话："你戴上皮筋儿以前，带着非常强大的负面情绪，对未来悲观，不仅自我否定，也否定别人。"博士说："我提过几个方案，你连想都不想就否定了，其实那几个方案是业内通常的操作。你否定它们，只是情绪上的否定。"

芒果惊讶地问："我有否定过吗？"

博士说："所以我说你是潜意识的否定，你根本都不记得了。"

博士那时对能否与芒果合作持怀疑态度，毕竟，没有人喜欢与悲观的、习惯性否定的人一起工作。

博士接着说："你戴上皮筋儿以后，发生了明显的变化，你更倾向于用乐观的态度和正面情绪看待一件事。"

芒果说："我没有觉得自己变乐观，只是不像以前那么焦虑。"

博士说："也许你自己看不见，但是别人能看得见。我上大学之前，爸妈管教得严，我成天板着脸，但是我不知道自己是这样。上大学之后，我的世界发生了巨大的改变，放假回家的时候，一个亲戚看见我，说，哎呀，你居然会笑了。这个时候，我才意识到自己以前从来没笑过。"

从此芒果给博士做线上和线下的课程，开发瘦身美容产品，每天忙得晕头转向，手腕上的皮筋儿不知道什么时候脱落了，她竟然没有发现。

美国临床心理学家塔拉·布莱克曾说：从恐惧之束缚中觉醒的关键，就是转移脑中编织的故事，跟恐惧感——体内的紧绷感、压迫感、颤抖、哆嗦摇晃以及紧张不安的状态——在当下接触。事实上，只要自己能保持觉醒，不深陷其中，我们编织的故事也可以是认清恐惧原貌的非常有用的途径。脑中持续编织令自己害怕的故事之际，要认清这些念头到底是什么，一再地放下这些念头，去接触连接身体的觉受……在平时恐惧产生的时候，可以练习与恐惧、焦虑相伴，利用深呼吸专注于身体的感受，不要总是强化逃避，就会变得越来越自信，越来越生机勃勃。

2

PART

启程
天真地信任，天真地出发

新的旅途打开了你的视野，也打破了你的梦境。你终于看见天真的獠牙，亲眼见识了黑夜的样子，而在你找到答案之前，这场冒险不会结束。

仅她可见

每个人的内在都有一个与死亡为友的破坏者。这个破坏者原型的阴影面会因为强烈的自我意识，而想摧毁灵魂；破坏者会借着攻击灵魂来维护自我。但是破坏者最后也会攻击我们的自我防卫，使我们对自己的内在进行更深层次的探索。

——卡罗尔·S. 皮尔逊

你心里住着一个菩萨，必然眉眼低垂；你心里住着一个魔鬼，必然面目狰狞。内心的情绪会拉扯脸部的肌肉，久而久之，内心悲苦的人，会长出悲伤的脸；内心平和的人，会长出和顺的脸；内心凶狠的人，会长出扭曲的脸，眼神阴沉。

王启涛就长着一张扭曲的脸，虽然他努力克制，但仍能看到他内心的拧巴。

在来北京之前，王启涛和发小于亮垄断着老家周边农村的红白喜事。他从不使用暴力，在以前，如果有人不请他操办，他会把事主家门前的路挖断或者堆一车石头。事主喜事临头，不想惹麻烦，就破财免灾。后来不用了，谁家有婚丧嫁娶，他只需要打个电话：这堂喜事我帮你办了吧，就没有人敢不答应。

他好像那些家庭的族长或教父，决定由谁抬棺，决定由谁接亲，决定吃几天流水席，决定流水席上吃什么。有一年夏天，他操办一位因胰腺癌去世的村民的葬礼。下葬那天早上，天开始下雨。从殡仪馆去往公墓的路上，雨越下越大，如同瓢泼一般。王启涛在车里祷告：老天爷，让雨停一会儿吧，只要停一会儿，二十分钟就可以。当他们到达公墓时，奇迹的一幕发生了：雨真的停了。王启涛匆匆地安排逝者的骨灰下葬，刚回到车里，瓢泼的雨又下了起来。

王启涛逢人就说自己身上发生的这件事，是自己积了德。

自此，他干起坏事来更加心安理得。

2018年4月底，他突然接到小学同学梁燕的电话，她想请他吃饭。从小学三年级开始，他就一直对梁燕有朦胧的好感，他们一起写作业，一起去河边挖野菜，一起玩儿。她美丽而生动，喜欢唱歌。他被老师骂的时候，她会跑到他旁边给他唱一首歌，然后再跑开。那个时候，他最讨厌的是漫长的假期，因为假期不能每天看见她。当然，这种朦胧的好感仅止于好感。等他们长大，梁燕搬到城里，他们就很少见面了。可那种朦胧的好感埋藏在记忆里，很多时候他觉得自己忘记了，其实并没有。就像你小时候吃到的烤红薯的味道，会缠绕你一辈子。

他开车进了城，在进城之前，他特意穿了件长袖，遮住胳膊上吓人的文身。

在饭店里两人见了面，还是以往那种熟悉的感觉。看得出来，梁燕对他的好感也没变，尽管也仅限于好感。

寒暄过后，梁燕说："听说你操办红白喜事？"随后又调侃道："还做得挺大？"

"大家给我面子呗。"王启涛说。

梁燕说："我有亲戚要结婚，想找别的婚庆公司，你不会把人家的路堵上吧？"

王启涛心里有点恼怒，不知道谁在她面前说自己的坏话，连忙否认："不会不会，我不会做犯法的事。"

梁燕笑吟吟地说："我相信你不会做这种事。"

原来，梁燕的亲戚觉得王启涛丧事也做，喜事也做，昨天端起碗让家属为逝者摔，今天端起碗让新郎喂妈妈吃面，多少有点晦气。想换个专门做婚庆的公司，又怕王启涛找麻烦，所以让梁燕帮忙打探。

"二年级暑假，咱们几个人扎青蛙，你还记得吗？"梁燕问。

他们小时候，用砂轮把自行车辐条磨尖，绑在竹竿上，去河边扎青蛙喂鸭子。有时会扎到青蛙的后背，有时会扎到青蛙的腿上，有时会把它们的内脏扎出来。扎到青蛙后，他们用铁丝穿过青蛙的腿，串成一串。他们都技术高超，不用多久，铁丝上就能挂起一长串青蛙，那时它们还活着，不停地挣扎和惨叫。

梁燕接着说："你在河边领着我们走，铁丝上的青蛙凄惨地叫，你突然停下来，说，咱们别扎了，它们叫得太可怜了。然后看着青蛙的伤口，号啕大哭，你把所有的青蛙都放回河里。那个时候，我就知道你绝对不是个坏人。所以尽管有人跟我说你威胁别人，我虽没有替你辩解，但心里是根本不相信的。"

回到家里之后，王启涛一夜没睡。如果是其他任何人跟他说这件事，他都会认为是套路，可梁燕不一样，他们彼此都有好感。他隐约记得自己曾经拯救过青蛙，但是粗粝的生活让他忘记了。

于姓是这个村的大家族，他们对外姓和外来者非常排斥。王启涛还清清楚楚地记得自己 6 岁时，与家人第一次进入这个村庄的情景：几个成年人在他们的必经之路上堆满石头，其中有个孩子，甚至向他们的车扔石头——这个孩子就是于亮。此后的几年，于亮总是和同族兄弟欺负王启涛，让王启涛每天都在瑟瑟发抖中度过。他最怕独自上街，最怕在街上遇见于亮兄弟。

小学快毕业时，他和一群伙伴在河里游泳，于亮和同族兄弟也在，游着游着，他们突然开始攻击王启涛。却没想到王启涛的水性非常好，他轻松地把他们按在水里，直到他们求饶为止。王启涛有生以来第一次觉醒了，他品尝到暴力的味道和征服的快感。再游泳的时候，他主动向于亮兄弟发起挑衅，让他们尝到苦头，此后便再也不敢欺负自己，于亮也渐渐和他成了朋友。也许，那就是他变坏的开始吧，不是因为认识于亮，而是因为他品尝到了暴力的味道。

在于亮眼里，他是个坏人；在老师的眼里，他是个坏人；在被他欺负过的孩子眼里，他是个坏人；在被他威胁过的事主眼里，他是个坏人。也许，在所有人眼里，他都是个坏人。可是在梁燕眼里，他不是个坏人，因为她曾经看见过他为受伤的青蛙哭泣。他心里住着一个魔鬼，然而，在很久很久以前，他的心里住过一个菩萨，梁燕看见过。

他跟于亮说，某某的婚礼找了婚庆公司操办，咱们别管了，也别惹是生非。于亮不高兴地说："那怎么能行？规矩不能坏，今天咱们允许他找婚庆公司，明天别人也会找婚庆公司，咱们靠这个吃饭，这不是自己砸自己饭碗吗？"王启涛好说歹说，终于把于亮安抚下来。

婚礼那天，王启涛特意去随了份子，当他和几个朋友边聊天边等待新娘的婚车时，众人突然发出一阵惊呼：着火了！着火了！他们转到新郎家的后院，只见堆在后院的柴垛熊熊地燃烧起来。

火是于亮放的。

王启涛忽然觉得无比失望。忽然间他无法理解自己怎么能和这样的人成为朋友，他无法理解自己的路上曾经被于亮堆满石头，自己怎么又在别人的路上堆石头。

他离开那个村庄，去了别的地方，又辗转来到北京。他做过各种乱七八糟的短工，给酒吧看场子、网管、餐厅服务员、房产中介，最后做了外卖员。虽然一路艰辛，却再也没有做过亏心事。

建立新的认知和新的行为模式，最重要的一点是没有情绪的抗拒。成长，尤其是改变，往往会威胁到以前建立起来的自我认同，意味着自我否定，因此我们总会有意无意地抗拒它。但是，我们不会抗拒喜欢的人，不会抗拒喜欢的人善意的提醒，他们能让我们放下自我防御，进入自我安全的领域和不被定义的时刻。

信息无法送达

每个人都正在经受这深沉的心理煎熬，为什么？因为他想得到，又没得到，他相信他应该得到，但他没有，这就是引起这种痛苦的原因。

——普拉吉难帕

戴伟的爸爸是建筑工程师，别的孩子还在读童话时，他已经开始读《西方美学史》《资本论》这样的大部头。他行动迟缓，很多同学管他叫"戴老头"。他的想法总和别的孩子不一样，说出来后经常被人取笑，渐渐地，他不再和别人交流。他也不愿意与别的孩子做游戏，因为他觉得太幼稚；别的孩子也不愿和他玩儿，因为觉得他太古怪。他内心丰富而敏感，却又无人诉说，总觉得孤独。

有个受人尊敬的企业家赞助了学校很多设备，还设立了奖学金。学校偶尔请他来学校发表演讲，戴伟十分讨厌这个企业家，但从来没跟别人说过。有一次，他实在忍不住了，就在作文里写了几句。放学的时候，语文课代表安娅喊住他，说语文老师找他。他去了办公室，语文老师黑着脸批评他，说他不能讨厌受人尊敬的企业家，然后把那页作文纸撕了。

戴伟沮丧地回到教室，看到安娅还在。他背起书包回家，安娅默默地跟着他，他快她也快，他转弯她也转弯。戴伟问："你跟着我干吗？"安娅小声说："你是不是讨厌那个企业家？"戴伟说："没有啊。"安娅说："还不承认，我看见你作文了。我也不喜欢他。"

　　戴伟以为只有自己讨厌企业家，他是孤身一人，没想到安娅的感受与他相同，他开心极了。戴伟问："你为什么不喜欢他？"安娅说："他那口气特别像我妈，做了点破事儿好像全世界都欠他。"戴伟连忙说"是啊是啊"，一边说着一边就模仿起来。安娅快乐地笑，他也跟着笑起来。从此之后，他们成了无话不谈的好朋友，安娅觉得他知道得太多了，管他叫孙悟空；戴伟说那你就叫猪悟能，随后又说女孩子叫这个名字太难听，不如叫沙悟净。

　　周五那天放学，安娅带来一个叫大彬的外班男生，他也不喜欢企业家。大彬又高又壮，经常打篮球，戴伟在篮球架下用草根拨弄蚂蚁时见过他。三人买了零食和汽水，在学校围墙外面聊天。他们聊得很投机，戴伟从没如此开心过。安娅对大彬说："戴伟是孙悟空，我是沙悟净，所以你是猪悟能。咱们是唐僧的仨徒弟。"大彬不想当又丑又懒的猪悟能，威胁说如果让他当猪悟能就不跟他们玩了，他们争吵起来。戴伟很怕失去这个朋友，说："那你是孙悟空，我是猪八戒。"

　　戴伟努力维持三个人的友谊。安娅爱吃冰棍儿，大彬无锅巴不欢。他自己掏钱买给他们。爸爸给他的零花钱不够用，他就偷偷地卖掉玩具模型。戴伟的爸爸忙于工作，很少有时间陪孩子。他发现戴伟的玩具少了很多，觉得奇怪。戴伟说某个部件摔断扔掉了，央求爸爸再给他买。升入初中之后，大彬把更多的时间用在打篮球上，而且在球场上认识了新朋友。

"唐僧仨徒弟"面临解体的风险，戴伟问安娅怎么办。安娅说："你也去打篮球啊，我给你们看衣服。"戴伟说："我可不敢，他们都像牛一样壮。"但他后来还是上场了，第二场就被像牛一样壮的高年级男生撞折了胳膊。他在家养伤，他们过来给他补课。安娅坐在旁边检查他的作业，大彬扫视了一圈书柜，好奇地问："这些书你都看过？"戴伟说："是啊，我无聊的时候就翻字典、背字典。"大彬表示不信，然后拿起字典说，那我问你，字典第一页的第一个字是什么。

"啊。"戴伟说。

"最后一页的最后一个字是什么？"

"作？"戴伟有点犹豫。

大彬说："别瞎蒙，你再想想。"安娅抢过字典，看了看，说："是作，是作。"

戴伟希望自己的伤永远不好，这样他们就会一直给自己补课。其实初中课程对戴伟来说易如反掌，根本不需要他们补课，他只是留恋三人在一起的美好感觉。

　　高二下半年，安娅开始在学校上晚自习，她家离学校比较远，戴伟和大彬约定，轮流送安娅回家。安娅可能永远也忘不了，无论刮风还是下雨，总有一个男生在自行车棚等她。有一天大彬突然对戴伟说："以后不用你送安娅了。"戴伟问为什么。大彬解释说，他和安娅家有一段顺路，戴伟家完全在相反的方向，现在学习又紧张，送完安娅回家太晚了。戴伟本来想说没事，但在大彬的一再坚持下，只好同意了。他们本来还约定，报考同一所大学，结果高考时戴伟"小宇宙"爆发，被上海财经大学录取，安娅和大彬一起考进了省会的一所普通院校。

　　大学毕业几年后，戴伟从证券公司跳槽，自己做投资。那是他人生最孤独的时刻，他的恐惧和荣耀都无人分享，因为安娅和大彬结婚了，他们好像故意躲他，没有邀请他参加婚礼。初中毕业那年，戴伟曾经分别给"唐僧仨徒弟"申请了电子邮箱，现在电子邮箱已经废弃不用了。每当夜不能寐，戴伟就会给安娅那个名为"沙悟净"的电子邮箱写一封信。

　　"我可能错了，我相信沪铜年底能涨到 55 000，可是现在价格一直在下跌，还看不到止跌的迹象。说实话，我有点害怕。昨天有人从上海环贸跳下去了。我开始怀疑自己，不知道应该跟谁说。记得那个企业家吗？听说他出差的时候和一辆大货车追尾，他坐在副驾上，死了。开车的是他的小舅子，也死了。"

"今天喝了一瓶红酒，不到 100 块钱。沪铜终于止跌了。我非常开心，像你那天跟我说你不喜欢企业家一样开心。说起红酒，我们经理的老婆，如果有人送她这种红酒，她会当着人家的面倒进马桶里。她有个查询红酒价格的手机软件，太可怕了。你去别人家做客时千万别送酒，也别送任何东西。"

"告诉你一个好消息，我赢了！这些钱可以够我在老家买一套小房子，我犹豫要不要退出来。做投资太苦了，其实我很想听听你的意见。"

他发出的每一封信都会收到系统提示：信息无法送达。

这样的信他写了整整两年。

夏天的一个周末，酷暑难耐。戴伟心情烦躁，穿着短裤、踩着人字拖去了外滩。喝下半瓶冰可乐后，看着黄浦江上的轮渡在微波中飘荡，他感觉自己慢慢平静下来。这时，他忽然看见人群中有个熟悉的身影。他的心跳急剧加速，喘不上气儿，他喊了一声，那人回过头，正是安娅。

　　一切都没有变，时间好像停止了。那个风姿绰约的安娅，仍然是他记忆中的样子。就算时光曾"雕刻"过她，也被他的情感修正过来。

　　安娅惊喜地问："你怎么会在这里？"

　　戴伟忽然感到眼睛有些湿，说："我一直在。"

　　"你没怎么变。"

　　"你也没怎么变。"

　　他们在黄浦江边的咖啡馆坐下来。安娅是来旅游的，戴伟问怎么没看见大彬。安娅说他们离婚了，她似乎不太想谈论这件事，戴伟就没再继续问。安娅说："你女朋友呢？听说你有个女朋友，是做证券的。"戴伟尴尬地笑笑："其实没有女朋友，家里人总是问，我只好这么应付。"

　　"咱们有十年没见了吧，高中毕业之后就没见过。"安娅动情地说。

　　戴伟"嗯"了一声。

　　安娅说："我以前特想问你一件事儿，结果所有同学都没有你的联系方式。"

　　戴伟说："是啊，我不太合群，真正的朋友只有你和……"他停顿一会儿，说："只有唐僧仨徒弟。你现在可以直接问我。"

"现在不想问了。"

戴伟说："你还是问吧。"

安娅沉默了一会儿，说："高二下半年，你为什么突然不送我回家了？"

戴伟说："大彬找过我，说我家跟你家不顺路，所以不用我送。"

安娅点了点头，说："我还以为你讨厌我。"

"怎么会？"戴伟说，"你记不记得有个沙悟净的电子邮箱？我一直在给那个邮箱写信。"

安娅睁大眼睛说："可是那个邮箱早不用了，我从来没打开过。"

"我知道，"戴伟说，"所有的信都退回来了。但是，我感觉你已经收到了。"

戴伟陪安娅玩了几天，他们从来没有单独相处过这么久，戴伟本来以为自己愿意与她分享任何事，但是现在他才发现自己不愿意。他给安娅讲了个故事，他曾经有个喜欢的女孩儿，他偶尔会给她买些礼物，但是在她生日那天，他却刻意地没有给她买礼物。安娅非常聪明，说："你好像一直在抗拒某种东西。"

有些信息只要你不愿意，就一直无法送达。

　　很多人小时候特别聪明，或者因为有与年龄不符的想法，没有办法与别人交流，总被视为异类。前段时间，有个朋友突然跟我说，她发现自己在某些问题上总与别人的想法不一样，她觉得特别孤独，有非常深的被遗弃感。当一个人与自我为敌时，他才是真正的被遗弃了。所以，孤独的反面不是在一起。孤独，不是因为得不到他人的认同，而是自己失去内心的力量和方向。

白色恋人

在我们的成长过程中，常常会遇到无数的恶意，被误解、被斥责、被打击。我们开始自卑、封闭、怀疑，最后，我们忘记了怎么爱自己，本该闪闪发光的我们，陷入了黑暗的谷底。此时，多希望有一道光，带我们走出黑暗，找回自己……如果没有人给你那道光，你就要很努力成为自己的那道光。如果你很难过就大声唱出来，你我都需要被治愈，每个人都需要鼓励。

——刘德华

我刚养金毛的时候，想订两份早餐奶，一份它喝，一份我喝。我给奶站打了电话，预约安装奶箱。给我安装奶箱的是送奶工小马，他二十几岁，有点婴儿肥，嘴上挂着稀疏的茸毛，一副笨笨的样子，至少看起来没那么聪明。在我和 Sunny 的注视下，他有点手足无措，要么碰倒了工具箱，要么找不到锤子。他来自河北的县城，带着唐山口音，一边干活，一边嘀咕着。听说他每天早上 4 点给片区的居民送牛奶，在我的想象中，早上 4 点钟的北京繁星满天，灯光寥落。他的三轮车孤独地穿过空旷的城市，成为每个人梦境的一部分。

我问他："北京早上 4 点钟是什么样子啊？"

小马说只有早上 4 点他才感到自己是这个城市的主宰。他见过三里屯归来的醉酒女孩睡在人行道上；警察用警车把下水井围起来，打捞装尸体的手提箱；赶早班飞机的男人与出租车司机在小区门口吵架；卖了一夜水饺的夫妻收起摊儿，而他们的家还在十几公里之外；穿着橘黄色衣服的清洁工挥舞扫帚打扫落叶，哗——哗——那个声音单调而有节奏，他的车开出很远之后都能听到……

他对附近的小区了如指掌：哪个小区刚换了物业；哪个小区楼道脏，有人在花园里撒尿；哪个小区的妈妈喜欢生二胎；哪个小区有凶宅……小马有自己的偏好，特别喜欢某个小区或特别讨厌某个小区。我问："是不是因为保安对你好就喜欢那个小区，保安对你不好就讨厌那个小区？"

他说跟保安无关，比如某个小区对快递和外卖查得很严，但是他特别喜欢。因为那个小区像个花园，住在那里的人也都彬彬有礼，他进去就觉得开心。

此后，每天早上，我都会打开黄色的奶箱，从里面取出两袋牛奶。我和小马再没怎么联系。有时我出去玩儿，他第二天凌晨看见上次送的牛奶原封未动，以为我忘了，会发信息提醒我。

后来小马离开奶站，当了外卖员，仍然在我们这个片区。我订外卖时经常看见他，他比以前更忙，匆匆地来，匆匆地走，挂在胸前的手机响个不停。我问他为什么转行，他说送外卖赚得多，干个三五年就可以回老家娶老婆。

月球旅馆旁边有几栋高档写字楼，Sunny 最崇拜的一个有头有脸的名人在那里办公。名人以前是央视的编导，近几年生意做得风生水起，坐拥几百万的粉丝，朋友圈是类似柳传志这样耳熟能详的大佬。

一天下午，名人有个非常重要的谈判，早早地订了外卖，注明必须在 12 点前送到。出乎意料的是，谈判方来的时候，外卖仍然没有送过来，他只好空着肚子跟人家谈。

　　事后他对这次外卖耿耿于怀，写了一篇吐槽文章。当然，他不是从自己被冒犯的角度写的，而是吐槽外卖平台管理的不专业。这篇文章引起了大家的共鸣，他们开始在网络和朋友圈铺天盖地地转发。我从 Sunny 的朋友圈看到过这篇文章，刚看到时并没有把它和小马联系起来。

　　几个月后，我要发一份快递，约快递员上门取件，等快递员进来，我发现竟然是小马。我问小马怎么又换工作了，他说，因为一次重要的外卖迟到被投诉。我立刻想起名人的那篇文章，问是不是因他而起。

　　小马说是。那个名人和外卖公司的老总七拐八拐地认识，虽然名人无意追究小马的责任，但是老总觉得丢脸，作为交代，把小马开除了。小马在外卖圈混不下去，就改行做了快递。

　　小马说，他也不想迟到，可这不是他能决定得了的。外卖平台接到订单后，分发给外卖员和饭店。饭店又分为堂食和外卖，通常情况下，厨师会优先照顾堂食。偏巧，那天堂食的客人催得急，厨师忙着做堂食。他眼巴巴地在饭店等了半个小时，急得都快骂娘了。但作为一个外卖员，他也不能撸起袖子掂炒勺。

我说："你应该解释清楚，这又不是你的责任。"

小马说找过公司，公司里只要清楚流程的，都知道责任不在小马，公司开除他是迫于压力；他也找过那个名人，但是名人太忙了，根本没有时间听他解释。

我问小马是不是特别恨那个名人。

小马摇摇头，说不恨。

"为什么？"我奇怪地问。

小马说："我小时候同学总说我是周口店猿人——"

这时我仔细打量他，他额头扁平，眉骨突出，确实有点像周口店猿人。

他接着说："我就很生气，跟他们打架，总是鼻青脸肿地回家。有一次爸爸对我说，很多人充满了固执和可悲的偏见，你不要受这些偏见的影响，也永远不要变成他们。当他们再叫我周口店猿人时，我就告诉自己，我跟他们不一样，虽然还是很生气，但我努力地向他们微笑，然后躲开。奇怪的是，从那以后，他们反而不嘲笑我了。后来我才知道，他们叫我周口店猿人，只是为了激怒我，看我生气的样子。"

当小马不再做出他们期待的反应时，他们也就失去了捉弄他的兴趣。

在小马看来，那个名人也没有恶意，他只是抱怨自己饿着肚子。

有个女人在小马送外卖时，总让他顺手把垃圾带下去。小马尝试从善意的角度去理解她：她受了什么伤或者心情不好，没有办法下楼。当同事知道他送外卖时还帮人扔垃圾，把他揍了一顿。他也从善意的角度理解他们：他们不想帮别人扔垃圾。当他在小区里休息，想跟流浪猫玩一会儿时，就会有阿姨咒骂他。他还是从善意的角度去理解她：流浪猫是她喂养的，每个月买猫粮的钱比他的工资都多，所以流浪猫只能爱她……

我宁愿相信小马真的是用善意拥抱这个恶意的世界，而不希望这是他无力抵抗恶意世界做出的自我安慰。

我问小马："那你怎么对待友善的人？"

小马从兜子里掏出一块白色恋人的巧克力。他说这是送快递时一个老奶奶给的，一整盒，产自日本北海道，好吃得不似人间之物，他只吃了一块，剩下的装在兜子里，想送给对他好的人。

一个快递员送人白色恋人有些诡异。我说："这种巧克力有保质期，只有四个月，你自己吃吧。"

他似乎想把那块巧克力送给我，犹豫片刻，又收了回去。

在日本北海道，有个神话传说：善良的男巫负责守护温暖的 5 月，守护一望无际的稻田；邪恶的女巫负责守护12月，守护茫茫的白雪，埋住炙热的人心。男巫爱上了女巫，想跟她一起生活在 5 月。然而，女巫却不爱男巫。男巫说，那我就和你一起留在 12 月，永远守护这里的白雪。

这就是白色恋人的由来。它代表着用温暖拥抱冰寒，用善意拥抱恶意。

有时候，一句话就能改变一个人对世界的态度和基本信念，从而抵御那个看起来并不那么友善的世界，至少，可以避免被那个看起来不那么友善的世界改变。

当你凝视深渊时，不要被深渊吞噬。

当你屠杀恶龙时，不要变成恶龙。

生命中不该遇到的人

每当事情没有按照我们所希望的样子发生时，我们就有可能将其贴上"命运"的标签。对于当年的状况，你试图安慰、说服自己。这是一种对待失败、疾病或其他不幸的方式，甚至当我们的能力与所获得的成功不匹配的时候，我们也将其当作命运。所有我们无法用逻辑去理解的事情，我们都方便地将其称为"命运"。你内在产生的每一个念头、情感、冲动和反应都创造着你的命运。

——萨古鲁

有心理学家说，大多数失误并非出于偶然，它们是被压抑的欲望冲突的结果，是潜意识的泉水在生活表面形成的涟漪，它提示了一个未知的世界，包含了生命所必需的东西，很可能是新命运的开端。

纠纠是我认识的女生中最爱折腾的一个，她从不让自己静下来，只要有时间，就旅游、聚会、上各种兴趣课。她和老公小梁开了家奶茶店。纠纠和小梁的相识挺神奇，经常成为我们聚会上的谈资。

几年前，共享单车刚流行的时候，纠纠还在出版社上班。有一天晚上，她坐地铁参加一个作家的读书会，地点在清河，她对那边的道路不熟，就打开百度地图。百度地图不知道怎么出了故障，她提前一站下了车。她按照导航走，却走进了一个施工现场。这时离线下读书会只剩半个小时，她只好搜索附近的共享单车，当她跟着导航走到桥底下时，发现那里停了一辆共享单车，刚好有个男生用手机打开了这辆车。这个男生就是小梁。眼看读书会要迟到，聪明、胆大的纠纠"抢劫"了小梁，两个人就此结缘。结婚那天，纠纠说这桩婚事得感谢百度地图，感谢李彦宏。

奶茶店刚开始做的那年，纠纠的压力特别大，她整夜整夜做噩梦，小梁就用一知半解的占星安慰她，缓解她的焦虑。过了不久，奶茶店的生意好起来。纠纠知道这跟占星没有半毛钱关系，但她在做前途未卜的决定前，总要先占星。

我偶尔在纠纠那里订几杯奶茶，她都会亲自送来。我非常欣赏她的性格，有什么好玩的聚会也叫上她，我们很快就成了好朋友。

有一天我突然接到纠纠的电话，她想立刻见到我。我问她有什么事，她说自己得了一种非常凶险的癌症，我以为她在开玩笑。后来我仔细想想，这两年纠纠实在太操心了，研究各种商业模式、新事物，她什么都不肯落后，如果在聚会上谁提了一个新名词她没听过，她都会表现得相当焦虑。

我见到她时，她的眼神充满绝望。

我问她，用不用帮你找个医生？

纠纠说得了，她不想花光所有积蓄，然后痛苦地死去。她想以自己的方式面对它。我不知道她的方式是什么，也不敢问。

她的事业刚刚起步，她想过各种好的、坏的结局，想过在每个城市开几家酸奶店，想过资金链断裂，想过破产倒闭，也想过它的美好未来，只是没想到最后却是这样的结局。

我问她："小梁知道吗？"

她摇摇头，她还没想好怎么跟他说。

然后她说："你还记得三年前我们一起去稻城亚丁吗？"

三年前的国庆假期，我、纠纠还有两个旅友一起去稻城亚丁，小梁没去，留在家里看店。我之所以印象深刻，是因为在路上吃火锅，我腹泻了一路。

"你记不记得黄大师？"她问。

我努力回忆着，黄大师是成都女人，会看手相、占星。

"黄大师给我算过，我是 11 月 25 号出生的射手座。"她说，"按照我的出生月份，我的生命中不应该有小梁出现。"

我惊讶地看着她，不知道她为什么提起这件事。

她因为导航失误而遇到小梁，如果她的生命中不应该有小梁出现，那么那天晚上又有什么特殊寓意？

"其实我有一个更喜欢的人。"纠纠说。

"啊？"我的脑子拐不过弯来。

纠纠说她认识一个上海的奶茶供应商，两人聊得很投机。可是小梁对她不错，她只能把对供应商的感情隐藏起来。现在，她时日无多，想把心愿做个了结。

"难道你对小梁没有感情吗？"我问。

她想了想，说："也有，但是没那么深。况且，黄大师说过，他不是我生命中应该遇到的人。如果没有百度地图的失误，我不可能遇见他。"

我说："你是受了占星的影响，它其实是一个自我暗示和自我强化的过程。黄大师扯了一个淡，你把它当作锚，你会越来越觉得小梁是不应该出现的人。你肯定会对他没有感情，你的感情自然而然转移到别人身上。最后的结果会如同那个扯淡的预言一样，呈现在你眼前。这在心理学上有个名词，叫作自我实现预言。"

无论我怎么说，纠纠主意已定。

虽然这对小梁不公平，可是纠纠这几年一直在为生活打拼，从来没有真正地面对过自己，也从来没想过自己真正想要什么。在生命最后的时刻，她自私一次，诚实地面对自己的内心，也不是不可以理解。

纠纠去了上海，每天给我发微信报平安。

有一天中午我突然接到小梁的电话，他问纠纠有没有联系过我。

我有点慌张。原来，小梁在家里收拾床的时候，看见纠纠藏在床板下的诊断书，他吓坏了，急忙给纠纠打电话，她手机关机。他知道我和纠纠关系好，所以来问我。

我实在不知道说什么。

小梁又问我认不认识好的大夫，他盼望奇迹能发生。他说纠纠表面强硬，其实内心很脆弱，他必须和她一起承担。

我心里五味杂陈，无言以对。

小梁想把公司关了，把酸奶店卖掉，筹措医疗费用。

没想到平时沉默寡言的小梁竟然对纠纠有着这么深沉的情感，我说："你应该把你的想法告诉纠纠。"

小梁说："我没有经验，不知道怎么掌握分寸，哪句话说轻了，哪句话说重了……"

我打断他的话："你多心了，什么分寸、轻重都不重要，把你的真实感受说出来最重要。"

小梁又给纠纠打电话，她电话仍旧关机，他随即订了晚上到上海的机票。

我问 Sunny 这可怎么办，Sunny 说什么怎么办？纠纠自作自受。

我说："谁能陪纠纠走最后一程，还不得是小梁？如果他发现纠纠的秘密，他会受到伤害，然后一走了之，纠纠会更凄惨。"

幸亏离小梁到上海还有六七个小时的时间。我不停地给纠纠打电话、发微信。早上 9 点，纠纠的电话通了。我责问她为什么关机，她说刚才在坐飞机。原来，她已经离开上海，回到老家郑州，她想看看爸妈。

我把小梁说的话跟她讲了，她淡淡地说句知道了。

小梁到上海扑了个空，又转机去郑州找纠纠。

隔了几天，纠纠给我打电话，不停地说自己傻，她的声音听起来特别激动，我哄了半天，她才安静下来。

因为爸爸有高血压，妈妈情绪不太稳定，纠纠没想好怎么跟他们说自己的病，只是婉转地说，假如自己出了事，将来的财产怎么处理。晚上，爸爸和小梁在院子里聊天，纠纠独自在卧室里整理东西，翻出小学的学生证，看到童年的照片，懵懂而可爱，想到自己将不久于人世，忍不住流泪。

这时妈妈走进来，见她哭，问怎么了。

纠纠说看到以前的照片，有点伤感。

妈妈拿起她的学生证，上面有她的出生年月日。妈妈说："当年你生日小，为了不耽误你上学，妈妈把你的生日改了，你的真实生日比现在晚三个月。"

纠纠的脑袋嗡了一下，问："真的？"

妈妈说："当然是真的。"

纠纠又问："为什么你从来没告诉过我？"

妈妈说："当时你小，害怕告诉你，你会说出去。"

纠纠无力地坐在床上，说："妈，你先出去，我想自己待一会儿。"

她耳边响起黄大师说过的话：按照你的出生月份，小梁不应该出现在你的生命里。从那时起，她就不再把小梁当作自己的"对的人"，她的感情渐渐转移到上海供应商身上。她有时看见忙碌的小梁会产生愧疚感，但是当她想到他是"不应该出现在生命里的人"时，她又心安理得了。万万没想到的是，她的出生月份被妈妈改过。那么，"不应该出现在生命里的人"就是假的，是幻象，她的真爱靠虚假的幻象支撑，她的心安理得也靠虚假的幻象支撑。

她站在窗前，看着正和爸爸聊天的小梁，他心事重重，脸上挂着敷衍的笑容。

纠纠给我打电话说这件事的时候，一直哭，一直哭。

每个人的潜意识里都期待一个未知的世界，尝试探索自我的多种可能性。如果那个未知的世界和可能的自我没有办法通过正常的渠道显示，它就会通过失误来显示。否则，内心的能量就会沉睡在心底，让人觉得自己支离破碎，与自我疏离。但是，你必须知道自己真正追寻的是什么，只有意识到自己真正该追寻什么，而不是靠失误来追寻，才能让它进入意识的领域，回应内在的召唤。

生命中没有不该遇到的人，没有不该发生的事情，它们都有自己的意义。

PART 3

行入黑夜
黑暗时刻，要成为你自己的光

能绊住我们的，从来不是别人，而是我们内心的坑洞。当你开始接纳恐惧，黑暗中就会打开新的门。每一场信任危机，都是一个修复内心坑洞的机会。

全部的我

只有当我们愿意面对自己的痛苦时，我们才可能感受到快乐；只有我们愿意面对自己的无知时，我们才有获得智慧的机会；只有经历孤寂，才可能体会爱；最后，只有我们愿面对自己的不真实，我们才能开放自己，面对灵魂。

——卡罗尔·S. 皮尔逊

　　我有个同学叫苏馨，有一段时间她面临严重的内心冲突——她不怎么关心人，却希望自己不被冷落；她觉得自己温和平静，内心却常常充满愤怒；她想亲近别人，却被人视为虚伪。她有时觉得不认识自己，有时又觉得自己如果不控制一下，随时会崩溃。

　　苏馨跟我说，她只有在和楼下的老太太一起择菜时，才会把内心的愤怒、纠结、焦虑整合在一起，才能不让其中的某一种情绪主导自己，才能让自己以一贯的温和平静的面目示人。

　　老太太80多岁，头发花白，身体肥胖，脚有点浮肿，夏天穿凉拖鞋，冬天穿棉拖鞋，几年前开始在院子里择菜。她无儿无女，可能是想在院子里择菜打发寂寞。苏馨陪她择菜的时候，她一句话都不说，从来没问过苏馨为什么不开心，为什么陪她择菜，也从来没邀请苏馨去家里吃她们择过的菜。择完菜，老太太端着盆回家；苏馨独自收拾散落的菜叶菜梗，将它们统统扔进垃圾桶。

　　苏馨第一次识别自己内心的愤怒是在前年。她一直与同事不太合得来，她不是不想与同事相处，只是对她们关注和谈论的话题没有兴趣。有时同事的观点甚至会引起她的愤怒，她觉得自己与身边的人格格不入。为了避免争执，她只好与她们保持距离。

那次公司组织去西藏旅游，她高原反应严重，头疼、恶心，又来了例假，只想躺在酒店里。第二天早上，同事出去遛弯儿，没有一个人叫她。这让她非常不舒服，她觉得自己被孤立了。

从西藏回来，苏馨刻意地亲近同事，她和同事一起出去吃午餐，下班的时候一起走到地铁，出去旅游时还会买些纪念品送给同事。有一次她去卫生间，突然听到两个同事在步行梯的过道里议论她虚伪。她想过同事会怎么评价她，比如骄傲、不合群，但在她的自我认知里，无论如何都没法把虚伪这个词跟自己联系起来。

她非常不高兴，想立刻进入过道质问她们。但她最终还是忍住了，回家之后，她越想越愤怒，经常在想象中跟那两个同事辩论：我怎么虚伪了？我给你们带纪念品怎么就虚伪了？她甚至想象自己揪住她们的头发，恣意地谩骂她们。

有一次，老太太的后背好像爬进了一只虫子，可是手脚不便利，想把虫子抓出来却够不着。苏馨说："我帮您看看。"说着站起来绕到老太太的背后。老太太说不用，站起来回家换衣服去了。苏馨暗自松了口气。她看过一个神话，王后向神祈求长生，神就给了她长生。可是她忘了要青春，结果王后活了几百岁，变成一团行走的皱纹。苏馨本意也没想帮老太太，她对老去的身体心存畏惧。老太太换衣服回来后又安静地择菜，她好像什么都知道，又像什么都不知道，一句话也不说。

那天晚上，苏馨想了很久，同事说她虚伪，她非常生气，因为她不承认自己虚伪，现在来看，自己也许真的有点虚伪。

不久之后，弟弟给苏馨打来电话，说他正被人追债。弟弟是做在职研究生培训的，前段时间不知道脑子抽了什么筋，挪用客户的钱跟朋友一起炒期货，结果赔得血本无归。客户逼债，甚至要去法院起诉他。弟弟本来想把住房卖了还债，可是妻子不同意，威胁说如果卖房就跟他离婚，他没有办法，想跟苏馨借钱。

苏馨又愤怒起来，她想骂弟弟，第一，你怎么能挪用客户的钱，有没有一点职业道德？第二，天下哪有这样的事，你欠了人家的债，自己有房产不处理，管别人借钱？第三，我还有房贷要还，跟同事的关系很僵，还想辞职，你有没有考虑过别人的处境？但是，她又担心弟弟想不开，跳楼自杀，只好骗弟弟说，自己的钱买了基金，现在没有办法赎回，你先想想办法，等赎回了我再转给你。

苏馨的口腔溃疡又犯了，疼得厉害，有几次她疼得睡不着觉。她试过散剂、喷剂和贴片，都无济于事。她仔细地看过自己的患处，也去网站查过，她一度怀疑自己得了口腔癌。她痛恨自己的口腔溃疡，痛恨那折磨人的疼痛。她觉得是同事、弟弟以及其他的烦心事让她焦虑、愤怒，引起她的身体症状，然后她又怨恨起他们。

这天，苏馨和老太太照例一起择菜，照例谁也不说话。她什么也不想，全神贯注于盆里的菜；外界没什么能搅扰她，她仿佛与世隔绝，这是难得的静心时刻。这样，第二天，她就可以好像什么烦心事都没有发生过：同事没有议论过她，弟弟没有管她借过钱，她没有愤怒，没有虚伪，没有焦虑，她可以若无其事地去上班，面对同事，面对这个世界。

渐渐地，她发现自己能和别人心平气和地交流，并且得到正向的反馈。她和同事的关系融洽起来，她不再因同事说她虚伪而愤怒；至于说她虚伪的同事，有哪个人没有随意地评价过别人、然后马上就不记得？弟弟又找她借过几次钱，她一拖再拖，她的意思是，如果弟弟不卖房，休想从她手里拿到钱。后来弟弟再没找过她。她心里很安稳，没有愤怒，也没有焦虑，虚伪那个字眼儿也不再困扰她。最让她开心的是，她的口腔溃疡很久没犯了。

半年后，老太太去世了。

在她弥留之际，苏馨帮她擦拭身体，给她换了衣服。

苏馨跟我说，那时她没有犹豫，也没有畏惧。

心理学家芭芭拉说过："所有无意识的、未开发的、被拒绝的、被压抑的以及被否认的东西，都是阴影自我。"我们都需要一个"暂停"时刻，苏馨的择菜是暂停，还有各种不同的暂停，有人闭关，有人发呆，有人不停地嗑瓜子，有人去旅行，有人去蹦极，这种时刻改变了原有的生活惯性和思维惯性，让我们从中解脱出来，相当于让世界暂停。在"暂停"时刻，我们观照自己的念头，而不是评价自己的念头；让自我的不同侧面，包括阴影自我呈现出来，融入全部的自我当中，这样，我们就不会成为"另一个人"。在这个时刻，我们观照的重心从别人回归自身，这就是内心力量的来源。

我知你心

理解自身的阴暗，是对付他人阴暗一面的最好方法。

——卡尔·荣格

当你喜欢一个人，很多时候是在对方的身上投射了自己内心的某个部分；当你讨厌一个人时，也是如此。

金雪和代文雷互不认识，他们唯一的交集是，都在我的微信朋友圈里。

我忘了怎么加的金雪，她住清河，在会计事务所做文员，好像跟我玩过几次狼人杀。我们没有那么熟，如果她不在朋友圈偶尔发几张自拍，我都记不清她长什么样子。

代文雷原来在 798 经营画廊，798 越来越出名，房租越来越高，高到画廊付不出租金，他只好搬到宋庄。这听起来像个笑话：798 的画家和画廊老板，让 798 全国闻名，却把自己赶出了 798。代文雷 20 多岁的时候开始掉头发，不到 30 岁，秃顶隐隐可见，所以我们管他叫老代。

是枝裕和的《小偷家族》上映，收获一大波粉丝，也包括我。我几乎看过他所有的作品，喜欢他那种平淡却又直抵人性的叙事手法。这时，金雪和老代相继出现在我朋友圈的时间线上，不约而同地说讨厌是枝裕和，《小偷家族》过于刻意，为了阴暗而阴暗。

这引起了我的注意，我翻了翻他的朋友圈，有了意外的发现。金雪和老代是两个非常像的人。他们如同频率相同的音叉，当你敲了清河的金雪一下，宋庄的老代也发出共振。换个说法，他们是一对纠缠的量子，彼此相异，相隔甚远，但却能产生鬼魅般的心灵感应。

他们同月份的生日，差不多同时喜欢一个心理学作家，经常在朋友圈引用这位作家的句子；金雪的父亲早逝，老代的母亲早逝；都对猫毛过敏，对猫又怕又爱；转发同样的文章，关注相同的社会事件，表达相同的愤怒；最神奇的是，去年9月，他们同时去了曼谷的暹罗广场，从他们发的饭店图片来看，我怀疑他们就相邻而坐。

然而他们并不认识。

我有一颗红娘心。我撮合的痴男怨女从来没有成功过，唯一成功的是撮合邻居家的狗狗。这是我平生的憾事。柏拉图说过，人本来是完整的圆，后来被上帝劈成了两半，所以人穷其一生寻找他的另一半。如果柏拉图说得对，我敢肯定，金雪是老代的另一半，老代也是金雪的另一半。我看好他们。

我组了个局，把两人约来玩狼人杀。那次是月球旅馆有史以来最精彩的狼人杀。金雪能一眼看透老代的心思，老代也能一眼看透金雪的心思。他们像各自奔跑、终于相遇的圆。

双剑合璧，天下无敌。

他们成了好友，看到各自的朋友圈时，他们都觉得对方就是自己前世失散的恋人。他们开始热恋。

7月份，我们一票人去十渡玩，晚上住在十渡里的民宿。正值旅游旺季，住宿紧张，只订到两个房间，所以三个男生住一个房间，四个女生住一个房间。我们打牌时，老代戴了块摩凡陀手表，有个男生很懂手表，说这表有什么故事，哪个名人特别喜欢。他把表从老代手上摘下来，自己戴了一会儿。老代和金雪互相依偎，心意相通，他们能从微笑、眼神甚至稍许的迟疑判断彼此要吃什么牌，剩下什么牌。我们几个只有输的份儿，这牌没法玩。

第二天早起，另外两个男生早出来了，我们收拾好背包，在院子里集合，打算去孤山寨。只有老代没出来，我和金雪去催老代，他正在屋子找什么东西。一问才知道，他的摩凡陀手表不见了。老代怀疑那个男生偷了他的手表，他问我了不了解那个男生。

我说："摩凡陀手表没多少钱，人家干吗偷你的表？"

老代说："我睡觉之前把表放在床头柜上，早上起来表就没了，不是他偷的，是谁偷的？"

金雪放下背包，在床上找，没有；打开床头柜，里面是空的；挪开床头柜，也没有。她又挪了一下床，听到响声，表在床的下面。

老代接过表，擦掉上面沾的灰，默默地戴上了。

进了大峡谷，我们三个走在后面。老代仍然念念不忘，手表不会平白无故掉到床下，肯定是有人故意把它藏起来的。

金雪说："你是不是把所有人都怀疑一遍，最后觉得那个男生的疑点最大？"

老代说："是啊，首先，你们四个女生的可能性被排除了，只有那个男生，他看我表的时候眼睛放光，还摘下来戴，肯定是他。"

金雪说："你有没有想过，你睡觉时无意碰到手表，手表才掉到床底下？"

老代说："不可能，我睡觉非常老实。"

金雪冷笑一声，说："非常有可能。"

从十渡回来之后，金雪跟老代分手了。我几次三番问金雪为什么，金雪才肯告诉我原因。

老代和她太像了，他是多疑的人，她也曾经是多疑的人。

大二那年，金雪认识了一个校外的男人并和他同居，不久以后，辅导员找她谈话，她觉得肯定是有人打了小报告。金雪在同学中很有人缘，想不通谁会出卖她。想来想去，只有她下铺那个有点奇怪的女生嫌疑最大，下铺女生因为怕弄乱发型和重复化妆，可以一周不洗头不洗脸，金雪曾经取笑过她，她可能记恨在心。金雪越想越觉得是下铺女生打的小报告，当着同学的面警告她别再打小报告，从此，打小报告成了下铺女生的标签。大学毕业之后，金雪在老家工作。同学间总有聚会，每次聚会，金雪总要讽刺下铺女生几句。下铺女生渐渐被孤立，加上结婚不久之后离婚，变得疯疯癫癫的，最后丢了工作，在家靠父母养活。有一次金雪在路上看见下铺女生，她毫无顾忌地从车流中穿过，险些被车撞到，金雪很开心，认为她罪有应得。

　　一个偶然的机会，金雪得知下铺女生从来没有打过小报告，辅导员之所以知道金雪和校外男人的事，是因为辅导员认识那个男人，他们在一起喝酒的时候，那个男人喝多了自己说的。

　　"我没法在老家继续待下去了，"金雪说，"多疑是我内心的黑洞和阴暗面。直到现在，我仍然会多疑，我的同事耳语的时候，我就觉得他们在评论我。那时我变得格外警惕，然后想象他们的动机，接着，我会发现各种证据，我以为我读出了他们的邪恶意图，可是事后证明这些全都是子虚乌有。我总是提醒自己，我太多疑了，可是我没有办法控制。多疑也是老代内心的黑洞和阴暗面，他甚至还没有觉察到它，我不想再看见一个下铺女生。"

有一天，老代突然给我发微信，问我金雪为什么不理他。

过了好久，他似乎经过深思熟虑，打了一行字：是不是你说了我什么坏话？

每个人都有自己的阴暗面，它不可示人，是自己所排斥和不愿承认的东西。我们很容易把这些阴暗面投射到别人身上，很容易看到别人身上的这些方面，然后觉得他特别讨厌。所以，其实你不是讨厌别人，只是还没有办法接纳自己的阴暗面。萨提亚曾说过：我们需要先看见自己内心的美好，才可能看见别人的；我们要先感受到对自己的爱，之后才可以去爱别人。

关口

当我们说"真实的我请站出来"的时候，应当做好十足的准备，因为即将站出来的不止一个"我"，而是所有的自我，若想过上真实的生活，就应当这样坦然去接受和认识所有的自我，无论是我们熟悉的部分，还是潜藏在阴影面的部分。

——芭芭拉·安吉丽思

如果我们想起带给自己负面情绪的人和事时，立刻会陷入愤怒或怨恨的情绪中，这就是我们的关口。

春卷是 Sunny 的研究生同学。那时，春卷还在读研，她的男朋友家元在一家商城工作。家元高大帅气，讲究穿戴，头发焗了一缕白色，穿紧身的西装上衣，裤子把屁股裹得紧紧的，喜欢穿 AJ、NB 的鞋。他本应该特别受女生欢迎，只是他面目阴郁，冷眼看人，一副拒人于千里之外的样子。家元似乎处理不好跟上司的关系，总觉得上司刁难他，调了部门之后，仍然如此。春卷发现一个规律，只要家元回到家里闷着头打游戏，肯定是在商场里遇到了麻烦；问他就支支吾吾地敷衍几句。春卷知道他在某个关口卡住了，她用学过的心理学技巧询问家元，家元闷不作声，可能他也不知道自己卡在哪里。两人为此大吵过几次，看在男色难得的份上，春卷才没跟这个不求上进的人分手。

兔年春节，春卷主动要求去家元的老家过年，她想知道他到底卡在哪里。春卷身上颇有传奇色彩，为了完成毕业论文，她曾经冒充医生把精神病人偷出病房。家元父母早年离异，他跟妈妈一起生活。

家元的妈妈比春卷想象的漂亮，虽然年过四十，犹有风韵，而且体贴周到，很会说话，把春卷照顾得无微不至。

初一妈妈让家元去奶奶家拜年，并且把春卷也带上。他们到了奶奶家的小区，家元在门口徘徊好久，春卷问："你怎么了，难道你忘了奶奶家住几号楼？"家元说他不太想去奶奶家。在春卷的追问下，家元说出了缘由。据妈妈说，他的爸爸刚结婚时沉迷赌博，妈妈经常因此和爸爸吵架，妈妈年轻气盛，口不择言，有一次当着奶奶的面骂了爸爸几句难听的话，奶奶舐犊情深，而且也有脾气，甩手打了妈妈一巴掌。两人的矛盾就此种上。离婚之后，妈妈曾经想和爸爸复婚，奶奶却从中阻拦。家元的妈妈以前开理发店，最近几年生意越来越差，爸爸反倒过得越来越好，又有了女朋友。家元因此对奶奶的怨念越来越深。

去年春节家元和长他两岁的堂兄喝酒喝多了，说他平生最恨的人就是奶奶。堂兄生气地说："奶奶对你多好啊，在咱们这些孙辈中，对你最好了，每年给你的压岁钱最多。"家元说："那是因为她觉得对我有愧。"堂兄回家把这话给他的爸爸，也就是家元的大爷说了，大爷性格暴躁，第二天在酒桌上痛骂家元，险些把他打了。

这次拜年，家元要见到讨厌的奶奶，还要见到爸爸的女朋友，还有要打他的大爷，所以才踌躇不前。春卷理解他的感受，说要不别去了，或者打个招呼就出来，别在奶奶家吃饭。家元说不吃饭也不好。正在这时，大爷一家来了，堂兄朝他打招呼，家元迫不得已，带着春卷进了奶奶家。

奶奶的牙齿非常整齐，有高血压，行动迟缓，但言谈举止仍然强硬。一大家子人都不善于应酬，说话最多的是两个蹒跚学步的孩子。拜年饭的气氛有点压抑，家元和春卷都没吃饱，饭后他们去万达商城看看有没有饭店开着。两人聊了好久，主要是春卷在说。春卷说："你需要处理对奶奶的怨念，否则会对你的事业和人生产生负面影响。怨念积累深了，就会成为你最容易使用的情绪和方式。比如，当领导与你沟通时，你很容易把对奶奶的怨念投射到领导身上，再也分不清领导的指责是真实存在的，还是你投射出来的。"

家元仔细想了想说，和领导产生冲突时的感受确实类似对奶奶的怨念，他没有办法摆脱，所以在这种时候就拼命地玩游戏，转移自己的注意力，否则他会崩溃掉。春卷又说："如果你没有办法谅解奶奶，也应该尝试和大爷沟通，说出你的情绪和感受，告诉大爷你不喜欢被那样对待。"

家元说："我哪敢呀，大爷是个干粗活的，根本听不进道理，耍起酒疯来特别吓人。"

春卷说："那你跟堂兄说说，你们年纪相仿，平时关系还行，让他尽量委婉地转达一下。"家元犹豫着给堂兄打了电话。没过多久，喝了不少酒的堂兄赶来了，春卷则去旁边的专卖店挑鞋子。

春卷还没试完一双鞋，家元就脸色铁青地进来了，看样子和堂兄谈崩了。他们离开万达，春卷问出了什么事。原来，家元和堂兄见面开始聊得还挺好，当家元说大爷上次不应该骂他，堂兄竟然发起火来。堂兄借着酒劲说："当初你妈和你爸离婚，是因为你妈先出轨，是你妈有错在先。奶奶嘱咐家里人，尤其是我爸爸，别和你说这种事，因为你天生敏感，又跟你妈一起生活，害怕伤害你。哪知道你没长人心，竟然这么恨奶奶，不止我爸想骂你，我也想骂你。"两人不欢而散。

家元冷笑着对春卷说："我妈早就跟我说过，奶奶家没有好人，我就不应该听你的，让他过来，他们都是一伙的，怎么会替我说话？"

春卷一向冷静，说："你有没有想过，万一你堂兄说的是真的呢？"

家元的脸由青转红，问："你什么意思？"

春卷见他急了，尽量用平和的语气说："人大多不会说自己有错，会把错误推给别人。我的意思是，你妈妈可能没有把全部的事实告诉你。"

家元愤怒地拉着春卷去了机场，给春卷订了一张机票，让她直接回北京。

那天机场真冷清，春卷没吵没闹，等家元把旅行箱送过来，删除家元所有的联系方式，冷静地回到北京，收拾好所有的家当，从家元租住的房子搬出来，挤进 Sunny 的宿舍。Sunny 以为她会伤心，陪她喝了几天酒。

春节过后，柳树开始吐出嫩芽，野猫也开始在院子里尖声地叫。三月初的一天，家元突然打扮得整整齐齐出现在她们的宿舍前，手里捧着鲜花，温暖的阳光照在他俊俏的脸上，他好像驾着祥云而来。他诚恳地向春卷道歉，说他太冲动了，不应该在春节让她孤身一人回去。家元说他送走春卷之后，还是很生气。初七他回北京，打开房门，见春卷的东西都不在，他非常害怕，晚上睡觉时总会想起她那句："万一你堂兄说的是真的呢？"在他童年的记忆里，曾经见过若干来历不明的舅舅，其中一个舅舅在苹果手机刚出时送给过他一部，他开心极了，向全世界炫耀，当他把这些记忆串连起来时，渐渐看清了许多事。然而，怨恨没有那么容易消失，它拉扯着他，同时也支撑着他。当无法怨恨奶奶，又不能怨恨妈妈时，他茫然失措了。春卷给他介绍了资深的家庭治疗专家，他接受了几次治疗。

家元想让春卷回到自己身边，春卷拒绝了。Sunny 问她为什么。

春卷说，人总会遇到这样那样的关口，难度不同，有的关口是青铜难度，有的是黄金难度，有的是王者难度。家元遇到的关口相当于青铜难度，他在这里徘徊这么久，说明他不够聪明。她确实喜欢过他，她也确实无法接受他的不聪明。

如果我们总和人生的某个关口纠缠，无法摆脱，反复地咀嚼，重复地愤怒和怨恨，这些情绪就会成为你最熟悉的朋友。遇到挫折时，它们就会出现，让你陷入另外的困境，于是你变得沮丧、无力和看不到希望。这就是自我反刍（Self-Rumination），属于无意识状态，不受理智控制，它只关注那些人和事的负面因素，消耗自我能量；与之相对的，是自我反思（Self-Reflection），属于有意识状态，受理智控制，它觉察、反思人和事的本身，可以提升自我能量。心理学家认为前者让人陷入自我批判，后者让人提升自我认识，增强自我韧性。所以我们在自我反思的时候，一定要有清晰的界线，避免陷入自我反刍。

投票吧，爸爸

在生命的重要时刻，我们却对发生在自己身上的事情无能为力，只能听天由命——这就是世界上最大的谎言。

——保罗·柯艾略

　　李实把自己的人生搞砸了，然而他不知道自己做错了什么。

　　这个出租车司机在路边等活儿的时候，经常复盘自己的人生，然后被怨恨和懊悔的情绪所包裹。

　　如果不是自己家离高中远，他就不会住学校的寝室；

　　如果不是于亚明丢了100块钱，恰巧只有他一个人在寝室；

　　如果他可以自证清白，或者不是因为喜欢恶作剧而惹人讨厌（他甚至会把嚼过的口香糖粘在前排女生的头发上）；

　　如果于亚明不是个大嘴巴，逢人就说，弄得人尽皆知；

　　如果于亚明大学毕业后没有考上本市的公务员；

　　如果高中同学没有围在呼风唤雨的于亚明身边；

　　……

　　他的人生就不会如此狼狈，他就不会被同学孤立，成为这个小城市没有社交和圈子的人。

　　他是唯一不在同学群里的人，同学聚会从来不叫他。有个高中同学凑巧上了他的车，虽然十多年没见，仍然认出他来。高中同学很兴奋，说起同班的某某升了官，某某发了财，又问为什么没有在高中同学群里看见李实，随即意识到什么，立刻闭上嘴。他下车的时候，说常联系，可他连李实的电话号码都没有，也没有要。

李实痛恨这个小城市，这里完全是熟人社会，他经常感到邻居的戒备，他们出门的时候看到他，一定要回身检查门锁有没有锁好。李实以前还想跟他们掰扯，在老婆弃他而去后，他完全放弃了这个念头。心理学家做过这样的实验：把狗关在笼子里，只要哨声响起，就电击狗。起初狗会挣扎，试图逃跑，但是它跑不了。几次试验后，只要哨声响起，狗就会倒在地上呻吟、颤抖，哪怕笼子的门打开，它也不会逃跑，绝望地等待痛苦的来临。他就是那只无能为力的狗。

他把所有的希望都放在儿子身上。他起早贪黑地跑出租，赚的钱都用在给儿子补课上。儿子叫可乐，在红旗小学读三年级，好胜、聪明，长得像妈妈，李实还没见过哪个孩子长得比可乐更漂亮。可乐跟爸爸一样喜欢恶作剧，曾经把蟑螂放在同桌的文具盒里，那次李实把他结结实实地揍了一顿。

暑假之前，学校搞了个才艺比赛，有的孩子跳舞，有的孩子画画，有的孩子写书法，可乐也参赛了，他表演的是演讲。比赛通过网上投票数决定最终结果，参赛者的家长把投票链接发到各种群里拉票。可乐想拿第一，让爸爸也帮忙拉票。李实看着天使般可爱的儿子，心如刀割，他觉得可乐的才艺比其他孩子强多了，却得票数最少，因为他的爸爸没有同学群，也没有朋友圈，他有一种强烈的负疚感和无能感。

天真的可乐问："为什么没有同学群，你没上过学？"

当李实艰难地讲完寝室丢钱的往事，可乐既生那些人的气，因为他们冤枉爸爸；也生爸爸的气，他可不希望爸爸是小偷。他撕下一张纸，让李实写下寝室六个同学的名字，问谁最有可能偷了于亚明的 100 元钱。

李实在每个同学的名字上画了个圈，如果现在让他猜，最有可能偷钱的人，还是他。他说："算了，过去的就让它过去吧。"

可乐无奈地挠挠头，沮丧地瘫倒在地，过了好一会儿，说："爸爸，你是不是自我放弃了？"

李实说："别胡说，你不懂。"

可乐说："妈妈说你自我放弃了。"

李实心里一阵难过，妻子确实是这么看他的，但不知道她为什么在孩子面前说这种话。

可乐说，有一次他和妈妈看电影《秘密花园》，当瘫痪在床的柯林在小伙伴的帮助下蒙着眼睛行走时，可乐觉得不可思议，他问妈妈这怎么可能。妈妈说，柯林本来就能行走，只是因为他体弱多病，又没有人爱他，所以就自我放弃了，是他让自己不能行走。妈妈在这个时候说，你爸爸也自我放弃了。

听可乐讲过这件事后，李实想了很久，他应该像柯林一样，从房间里出来，尝试站起来，然后迈出一步。就算不为自己，也要为可乐。

过了几天，李实带着可乐在于亚明单位的门口截住他。这是他们高中毕业之后首次见面，于亚明久混官场，气势威严。李实不免有些紧张，说明来意，他想核实当年于亚明丢钱是不是确有其事。于亚明看了看可乐，他的孩子跟可乐年纪相仿，他知道每个孩子都不希望爸爸是小偷，于是把李实拉到旁边，低声说："别在你儿子面前丢脸了。"他坚信李实手脚不干净，坚信李实是带着儿子来博取同情。

李实和可乐又相继找到同寝的三个人，他们当年亲眼看见于亚明拿了300块钱，打开衣柜，夹在一本英文字典里。在于亚明丢钱的这段时间，其他人都有不在现场的证明。大家怀疑李实不是没有道理的。

可乐突然说："你还没有给老大打电话。"

　　高中寝室有六个人，老大大学毕业后出国，定居加拿大。李实说没必要打，因为那天老大和于亚明一起去踢球，他有不在现场的证据。

　　晚上，李实半睡不醒的时候，听见可乐给老大打电话。

　　可乐说："叔叔你好，我是你高中同学李实的儿子，我叫可乐。我想问你们寝室于亚明叔叔丢钱的事。"

　　老大说："这事过去十几年了，怎么想起问这件事了？"

　　可乐说："我参加学校的才艺比赛，让爸爸在群里拉票，可是他没有同学群，也没有朋友圈。"

　　老大说："你问这件事只是想给自己拉票？"

　　可乐说："原来我是想拉票，后来我想给爸爸平反，我相信他不会偷别人的钱。"

　　"真乖，"老大说，"让你爸爸接电话。"

　　可乐把电话塞在李实的手里，李实一轱辘爬起来。

　　老大跟他打了个招呼，然后讲起自己的故事："我上初中时，教地理的是个长黄牙的老师，他德高望重，学校里很多老师都是他的学生。有一天，地理老师走进教室，正要讲课，突然看见讲台上用粉笔写着几个字：地理老师，滚蛋！他的脸色顿时变得铁青，大声地问是谁写的，教室里鸦雀无声。他见没人承认，就把校长叫来了，校长恐吓说，写的人要是主动承认，可以从轻处罚；如果让我查出来，就立刻开除。最后，校长也没有找出写字的到底是谁。前几年，我们几个初中同学聚会，大家还原当时的现场，一致认为是我写的。我才一点点地想起来，确实是我写的。因为我特别讨厌他，他动不动就拿我脸上的青春痘开玩笑。我已经记不起自己做过这件事，当时我太害怕了。"

老大说，事隔多年，我们已经长大了，所以我能轻松地面对它，接受它。

放下电话，李实沉默了好一会儿。当天晚上，他做了一个梦，在梦里他回到了大学寝室，那天他的女朋友从外地来看他，他的生活费花光了。刚好他看见于亚明把 300 块钱放进柜子，然后出去踢球，于是他趁他们出去踢球时打开了于亚明的柜子。他清清楚楚地看到，夹着 300 块钱的是一本英语字典。

摆在李实面前最大的问题是，如何给可乐一个合理的解释。

有些人可能会做他们自己根本不敢相信的事，也可能会说自己想起来就很难堪的话，然后会选择性地忘记，这代表了它不是被自我认可的一部分。你能经常听到有人说，那不是我干的，或者我没有抽烟。可是你明显知道就是他干的，他就是在抽烟。这是"一过性"的谎言，他们否定自己的行为，大部分是因为自我意识到它不应该发生，它并不在自我期待当中。我相信，每个人都有调适自己的能力，选择自我期待的方向，也都有力量一点点面对真实的自己。

4
PART

镜像人生
人生没有唯一正确的答案

每个人都是在宇宙中流浪，但没有一个人是一座孤岛。在自我探索之路上，当一些人还在纠结关系中的琐碎得失，另一些人已经开始享受孤独。你要活出自己的答案。

家族故事

对于生活，我不再执着于"为什么"——为什么他会这样，为什么这件事会那样？而是想：我可以如何看待？更多地想：我可以做些什么，为我想要的。因为问"为什么"，可能会得到一个答案，而"如何"里，藏着我的目标。

——萨提亚

半夜，Sunny 睡得正熟，突然被许哲叫醒。许哲似乎整夜未睡，双眼放光地盯着她。Sunny 是个不能缺觉的人，如果头天晚上睡不好，第二天一整天都会昏昏沉沉，心情也会很糟糕。她用手挡住刺眼的灯光，嘀咕道："你干吗？都几点了还不睡觉？关灯……"

许哲没有关灯，认真地说："我们去成都定居吧。"

她仍在恍惚中，没听清他说什么，"嗯"了一声。

"咱们离开北京，去成都。"

许哲在一家互联网公司做运营，沉稳少言。和我们在一起的时候，基本上都是 Sunny 在吧啦吧啦地说，他总是安静地听着。有一次，我问许哲："你为什么不说话？"他说："你们一直在说，我插不上嘴啊。"他真正的意思是，Sunny 太能说了，把他的语言功能剥夺了。

他们只去过成都一次，许哲没有表现出明显的兴趣，相反，他还讨厌满大街飘着的火锅味儿。

不知道他现在怎么突然发神经，要去成都。

Sunny 坐起来，睡意全无，瞪大眼睛，盯着许哲，问他："去成都？你工作怎么办？"

许哲以前对自己的工作很满意，互联网这行，在北京的机会更多。

"那个工作没有任何价值。"许哲说，"我忽然失去热情了，对什么都没有兴趣，跟身边的人有一种巨大的疏离感。有一天晚上跟同事喝酒，他们在那里海阔天空地聊，我觉得特别无聊，刚开始还应付几句，后来索性一句话也不说。一个女同事问我，'你的表情为什么是那样的？'我看不见我的表情，就问我的表情是哪样的。她说：'好像充满了厌恶。'是的，我的内心就是这样的。以前我还会掩饰自己的表情，现在连掩饰都懒得掩饰了。"

从那以后，许哲开始问自己，这是我想要的吗？什么是我想要的？他没有得到答案，所以他想离开熟悉的环境，与它们保持情感上的距离，去一个陌生的地方，没准儿能找到一些什么。

Sunny 非常生气，她出生在北方一个偏僻的农村，家里很穷，还有一个姐姐。她出生不久就得了肺炎，高烧不退。也许是觉得她治不好，也许是因为家里没有钱，也许是因为她根本不重要，在大雪的晚上，爸爸用小薄被裹住她，把她抱出去，放在村口干枯的河沟里，想让她自生自灭。村口一户人家养了条狗，狗听见她的哭声不停地狂吠，主人出来察看，这才发现快被冻死的 Sunny，把她抱回来，四处打听，又把她送回家里。Sunny 侥幸没死。上小学时她听到村里人背后当笑话一样提起这件事，她也从来没有问过爸爸、妈妈和姐姐，她知道这件事是真的，但是她不敢问，也不想问。

一个被抛弃过的人，最大的恐惧就是再次被抛弃。

Sunny 问许哲："你的计划里有没有我？"

许哲说："当然有啊，所以我才和你商量。"

Sunny 说："我不会离开北京，我的事业和朋友圈都在这里。"

许哲沉默了，这事儿暂时放下了。

端午小长假，许哲回东北老家给爷爷过生日。Sunny 本来想出去玩儿，但没订到合适的机票，就跟他回去凑热闹。在火车上，许哲的爸爸打来电话，问他到哪儿了。

许哲的爸爸定居东莞，那次来北京出差。Sunny 在饭桌上问过他，你一个东北人，为什么去了东莞？许哲爸爸说，5 岁那年，他家从一个城市搬到另一个城市，家里租了辆卡车。大人坐在驾驶室里，他独自坐在货箱里，不知道为什么搬家，要去什么地方，他茫然失措，内心夹杂着不安和恐惧。货箱里有条沾满泥土的小鱼，好像已经死了，他用手指头戳小鱼，小鱼一动也不动。这时，天上突然下起雨，雨水浇在小鱼身上，泥土被冲刷下去。过了一会儿，他惊讶地发现，小鱼竟然在扭动身体，它奇迹般地活了！他双手捧起了小鱼，它长着神奇的背鳍和鱼须，嘴巴一张一合，好像在跟他说话，他也跟小鱼说话，也不觉得害怕和孤独了。三十年后，许哲爸爸当了记者，某年去东莞采访，逛菜市场的时候在菜市场看到一堆小鱼，它们长着神奇的背鳍和鱼须，跟童年时在卡车上跟他说话的小鱼一模一样。在那个瞬间，他做出留在东莞的决定。

许哲的爷爷 85 岁，头发快掉光了，思路倒是很清晰。他见到 Sunny 非常开心，问她是做什么的，赚多少钱，为什么还不和许哲结婚。吃饭的时候，爷爷讲起了自己的故事。

爷爷出生在大连的一个海岛上，师范毕业后在岛上当小学教师。抗美援朝之后，美国飞机总在周边撒传单，岛上的空气异常紧张，人人自危。不久之后，岛上发起支援内陆教育的活动，爷爷觉得内陆更安全，于是变卖家产，乘船登陆，几经辗转，定居于此。

Sunny 看了一眼许哲，好像看到他爷爷、爸爸和他附体。爷爷从海岛去内陆，爸爸从东北去东莞，许哲又要去成都。她以前觉得他的想法是一时兴起，听过他的家族故事之后，她知道不是。那个想法早已存储在他的身体里，甚至在他出生之前就已经存在。

2018 年初，Sunny 出差回来，许哲去机场接她。他们在航站楼打了一辆出租车。他们住的地方离机场不远，出租车司机一路抱怨，因为等了两个小时就接这么一个小活儿，把车开得飞快，追尾了前面一辆要并线的出租车，司机的脸撞到方向盘上，鲜血直流。幸运的是，Sunny 和许哲没有受伤。他们下了车，前面的出租车四轮朝天，里面的人正狼狈地往外爬。事后，许哲在朋友圈发了一条消息，他说他经常暗暗期盼能发生意外，这样就可以改变他生活的轨迹，或者让他穿越到某个想去的地方，事实证明，意外事件什么也不能改变。

Sunny 看到那条消息，知道阻止许哲没有任何意义。

许哲离开之前，Sunny 隐晦地提出自己曾经被父母抛弃的事，希望能够挽留他，可是许哲明显心不在焉，他可能真的没听明白，也可能是装糊涂。无论如何，她已经无法从他的身上感受到情感。她难过了好一段时间。

因为许哲的关系，她看到身边很多想逃离当下的人，有人从熟悉的城市到一个陌生的城市，有人从熟悉的行业到一个陌生的行业。一个男生说，国外有个女人为了不跟邻居打招呼，假装成盲人，我跟她一样一样的，只差没装瞎。

他们跟许哲的心境和想法类似，但是他们没有许哲那样的家族故事，所以没有办法用家族故事解释类似的心境和想法。

他们不知道自己是谁，找不到自己，当然没有办法爱别人。

有些人到了一定年纪，没有办法定位自己的价值和使命，不知道自己是谁，不知道自己存在的意义，在原有的生活场景中感受不到自己，再没有热情和悲伤，讨厌当下虚无和空洞的关系。这时，他就会涌起逃离当下的冲动，在想象的彼岸寻找自我，感受自我，看清自我。在别人眼中，这是逃离；在他们眼中，这是寻找自己。

妈妈的房间

人能作茧自缚，也能破茧而出，每个人都蕴藏着这个能力，也都蕴藏着这个种子，只要在情感上愿意，只要你想调转方向。

《冰川时代》里被负鼠养大的猛犸象艾丽，一直以为自己是只负鼠，她像负鼠一样上树，天生胆小，遇到危险装死，她隐隐地觉得有点不对：她和负鼠的体型差距巨大，树枝能够承受负鼠的重量却承受不了她的。但她否认自己不是负鼠，这就是一种认知偏差，她并不想纠正自己的认知偏差，因为她和负鼠一起长大，她在这个群体里能够找到自我价值感和归属感。

舒眉从来没有休过周末，每个周末她都在做各种副业：卖过口红、做过瑜伽教练、卖过保险，还做过远郊的楼盘带看。她的朋友圈像个乱七八糟的杂货铺，我们实在受不了，就把她的朋友圈屏蔽了。Sunny 问她："你那么辛苦干吗，你要买房吗？"

舒眉说："我想养妈妈。"

她的妈妈是个话剧演员，曾经风光一时。舒眉上初中的时候，妈妈与爸爸离婚，跟剧团里的乐手去了另外一个城市。她对妈妈有着非常深的依恋，随着她渐渐长大，这种情感越来越强烈。每次回老家，舒眉都要去郊区的老房子看看。老房子里有个只属于妈妈的房间，里面保存着妈妈年轻时的物品。不知道从什么时候起，她有了这样的念头：妈妈是因为钱才跟那个乐手走的。如果她有了钱，就可以把妈妈接回来，跟她一起生活。

舒眉的脸型酷似《指环王》的主演凯特·布兰切特，Sunny 介绍她去朋友的短视频公司当兼职演员，每周拍摄两次，每次酬劳几百块。

这个收入比卖口红稳定多了。那时正值影视行业寒冬，一大批中戏、北影科班出身的演员没戏拍，只得到短视频公司找饭吃。没有 Sunny 介绍，舒眉肯定没法进入这个圈子。她特别感激 Sunny，送给了 Sunny 一套口红。Sunny 说话向来口无遮拦，她本来想说你也太抠了吧？好歹花钱买个像样的东西，想到舒眉是在给妈妈攒钱，就忍住了。

这个角色来之不易，舒眉特别珍惜。拍摄之前，她先要来剧本看，然后仔细揣摩角色。她肯用功，形象不错，也遗传了妈妈的表演天分，颇受导演赏识。

儿童节之前，他们要拍摄两组亲子的短视频，主要讲母子情深的故事。舒眉扮演母亲，临时找了个孩子扮演儿子。拍了几次，导演都觉得舒眉没进入状态。

"这段戏要表达母亲非常爱儿子。"导演知道舒眉没有孩子，就说，"你想一想你妈妈是怎么爱你的，是你妈妈抱你、看你的时候，不是你写作业的时候，是你特别乖的时候，她什么眼神，什么表情，什么动作。"

舒眉说："我妈妈就是这么对我的呀。"

导演奇怪地说："可是你的眼神和表情明明是嫌弃啊，你抱孩子的姿势生硬、冷漠，好像和他有仇。"

舒眉努力回忆着，在她的记忆中，妈妈正是以这种方式爱她的，也是这么抱她的，这怎么可能是嫌弃呢？

导演见她不开窍，让编剧表演给她看。编剧有个五岁的女儿，对女儿爱到了宠溺的地步，所以演起戏来真情流露，水到渠成。对她来说，这不是演戏，只是在展现日常生活。

舒眉看了半天，也没看出来编剧演的和自己有什么区别。

导演只好在监视器上放大两个人的表情，说："你看编剧的眼神，眼中闪着温暖的光，目光会跟着孩子移动，脸上充满喜悦，肢体放松，不由自主地想拥抱孩子；你看你的眉毛，是拧起来的，脸上的肌肉紧绷绷的，眼神充满讨厌和嫌弃。你抱孩子就像在推孩子，因为你和孩子没有产生情感上的连接。"

舒眉毕竟有天分，她很快就可以模仿编剧的眼神和动作。但是她心里却留下了一个疑问：

最初她演戏用的是妈妈对待她的方式，导演说这种方式不是爱，那是什么？

这个疑问让她彻夜难安。

她请假回了趟老家。郊区的老房子由一个亲戚打理，不像邻居家的那么破败。妈妈的房间上着锁，她小心地打开了门，仿佛寻找一个秘密。

房间仍然像以前那样熟悉：海报、相册、杂志、衣物；空气里似乎还残存着妈妈的气息。自从妈妈离开之后，她们再也没见过，但这个房间还能让她感觉到妈妈的存在，是她和妈妈的灵魂连接。

在她的印象中，妈妈的房间里有个日记本。她四处翻找，最后在一个装满首饰和摆件的柜子里看见了它。她少年时特别想看妈妈的日记，可是日记本有个密码锁，她试过多种方法破解密码，均告失败。那天，她用一把锤子破解了它。她看完日记后失声痛哭。

妈妈的日记主要记录工作上的琐事，偶尔提到舒眉，文字中也是充满了嫌弃。是的，妈妈不爱她。有一篇日记提到，刚上小学的舒眉缠着她讲童话，她特别厌烦，就让舒眉把"蝴蝶"两个字抄写一百遍。妈妈在日记里说：我也知道这样做不对，可是我真的不喜欢这个女儿。

舒眉隐约记得抄写"蝴蝶"的事，她还记得妈妈当时说，等你抄完一百遍"蝴蝶"，你就能变成蝴蝶。她以为妈妈爱她，原来妈妈只是希望不被她打扰。这时她才明白，为什么导演说她模仿妈妈爱她的表情和方式不是爱。妈妈真的不爱她，也从来没有掩饰过一点儿，至少在表情和方式上没有掩饰。妈妈爱她，也只是她的错觉而已。

舒眉再也没去演戏，也不再做任何兼职。后来 Sunny 陆续给她介绍了几个男朋友，她才慢慢跟其他人、跟外界重新建立起连接，才慢慢接受妈妈不爱她这个事实。

猛犸象曼尼对以为自己是负鼠的艾丽说，你的脚印就是猛犸象的脚印，你的影子就是猛犸象的影子。

它是一个隐喻，一个暗示，一个事实。

这时艾丽仍然不相信，直到看见童年时躲避风雪的家，她才想起自己真的不是负鼠。

隐喻、暗示和事实只有不被情感排斥，只有通过情感上的接纳，才能进入意识的领域，才会让她感觉，"我似乎早已知道"。

有些父母，是不爱孩子的，没有为什么。

人很容易陷入自我的迷雾之中，首先是因为自我保护机制，因为内心的需求和期待。接受一个自己喜欢的观念，然后投注情感；吸收自己喜欢和希望看到的信息，循环论证。再加上它是私密的，通常藏而不露，无法分享，所以就更容易作茧自缚。

活着的意义

我的命运大部分不是我能控制的，但有些事情的确受我管辖。我能决定怎么花时间，跟谁互动，和谁分享我的身体、生活、金钱和精力。我能挑选吃什么、读什么、学什么。我能选择怎么看待人生的不幸时刻——无论视之为诅咒或机会（还有些时候，因为自怜得要命而乐观不起来的时候，我能选择不断改变自己看法）。我能选择跟人说话的用字和语气，最重要的是，我能选择自己的想法。

——伊丽莎白·吉尔伯特

　　李玟，21岁，南方某大学护理专业的辍学生，眉眼清秀，肩背挺拔而高贵，像个公主。

　　她来月球旅馆应聘前台，我问她为什么辍学，她说因为不喜欢护理专业。

　　我问："你为什么来北京？"

　　她认真地说："寻找活着的意义。"

　　我笑了，在她那么大的时候，我从来没考虑过意义的问题，现在也很少考虑，因为我觉得自己不够聪明。没那么聪明的人，思考人生意义，要么容易陷入谬误，要么容易陷入虚无。

　　李玟在月球旅馆当了3个月前台，期间偶尔会讲起她的身世，我才知道，寻找活着的意义，对她来说具有另外的含义。

　　李玟的哥哥生下来就是脑瘫，智力低下，没法独立行走。爸爸妈妈做生意，担心死后没人照顾哥哥，于是在哥哥12岁时生下李玟。她记得最早的一句话是：玟玟，长大后一定要照顾好你哥哥呀。

　　这句话是妈妈跟她说的，一直重复很多年。

　　李玟还没学会照顾自己，就学会了照顾哥哥：给他擦不由自主流出的口水，给他按摩僵直而无力的下肢，给他穿衣服、穿鞋、喂饭。等她稍微长大点，她就搀扶哥哥出去晒太阳。她家院里有个秋千，哥哥喜欢在秋千上慢慢地晃悠，她会小心地保护他，以免他摔下来。哥哥总是一边晃悠一边对她吃力地喊：姐姐，姐姐！

他的智力永远停留在七八岁，虽然他比她大 12 岁，却管她叫姐姐。他口齿不清，似乎说一句话都要耗费半条命。当他吃力却要固执地喊他姐姐，当他单纯的脸上露出笨拙的笑容，当他用僵硬的手画出一张色彩艳丽的画——她觉得自己人生的意义就是照顾他。

在考大学的时候，她理所当然地选了护理专业。

大三上半年，她交了个男朋友，名字叫冯德超，是她的校友兼同乡，比她高一届。

冯德超是个文青，经常参加校外的读书会，李玟也会跟着去。

读书会是几个硕士发起的，地点在他们合租的公寓，每周读本名著或者看部电影，然后分享心得。读书会以街道边著名的法国梧桐命名，叫作梧桐读书会，参加者大多是附近高校的学生，也有慕名而来的社会人员。

李玟第一次去的时候非常惊讶，她没想到闹市区竟然有这么破旧的公寓。公寓门口堆着十几双散发汗臭味的鞋，室内潮湿而闷热，挂着投影幕布的墙，好几处都起了皮，摇摇欲坠。李玟学的是护理专业，对他们读的书没什么兴趣。她之所以来，主要是为了陪冯德超。

有一次他们看完电影，主持人突然问李玟：你活着的意义是什么？

李玟想也不想地回答道："我活着的意义就是照顾哥哥。"

屋子里顿时安静下来，十几双眼睛看着她。

主持人说："你活着的意义难道不是为了自己吗？如果只是为了哥哥，那你自己在哪里？"

李玟一时有点儿懵。

"假如你哥哥发生不幸，突然离世，或者你哥哥不需要你照顾了，你的意义在哪里？"主持人追问道。

李玟从来没从这个角度想过。是啊，如果哥哥出了车祸，离开人世，不再需要我照顾，我活着的意义是什么呢？

她反问主持人："你活着的意义是什么？"

主持人说："我也不知道活着的意义是什么，但绝不是照顾别人，绝不是为别人而活。"

接下来，人们七嘴八舌地讨论起来，他们对意义各有不同的定义，但都不认同李玟的意义。

那一刻，李玟二十多年来形成的信念轰然倒塌。她回到学校时已是深夜。她问冯德超："你活着的意义是什么？"

冯德超说："我活着的意义是让自己的价值最大化。"

李玟想了想，说："我活着的意义也是让自己价值最大化……"说到一半儿，她又停住了。她的价值最大化就意味着更好地照顾哥哥，可这只对哥哥有意义，对她自己没有意义。

她越想越困惑，于是给爸爸打了个电话。

她直言不讳地问：

"你们生我，就是为了让我照顾哥哥吗？"

爸爸在下半夜接到她的电话，以为她出了什么事，紧张地问："玟玟，你怎么了？"

李玟说："我刚刚参加一个读书会，有人问我活着的意义是什么，我不知道。如果你们生我就是为了照顾哥哥，那我的意义是什么？"

她努力控制着自己的情绪，可是越说火气越大，最后一句已经像在咆哮。

爸爸沉默了好久，说："玟玟，那时生意不好，爸爸就想，爸爸妈妈迟早会死，我们死了之后，哥哥肯定没人管，所以就生了你。"

爸爸懊悔不已。他知道这样对李玟不公平，在李玟读书的时候，没指望她能好好学习，也没让她上补习班，只希望她读个护校，这样，她就不会有什么野心，就能专心地照顾哥哥。

等李玟读高中后，他们的生意渐渐好了，能请得起保姆，福利机构也更加专业，不必担心哥哥被虐待。

他本来想跟李玟谈谈，想跟她说她可以追求自己的人生，却不知道怎么开口。

"我的意义是什么？"李玟愤怒地问。

爸爸无言以对。

她挂断电话，孤独地坐在操场的路灯下面，黑暗和空无包围了她。她好像汪洋大海上的一艘小船，原来要驶向不远处的岛屿，并且坚信岛屿是她人生唯一的目标，可是目标突然间消失了，她不知道应该漂向哪里。

她变得异常消沉，学会了抽烟。有一天冯德超找她，问她为什么没参加校运动会的长跑比赛。她和冯德超是在上届校运会上认识的。

李玟说："我为什么要跑？"

冯德超说："你是上届 3000 米冠军啊。"

李玟懒得理他。她之所以跑得快，是因为爸爸妈妈很早就锻炼她的体能，之所以锻炼她的体能，是为了更好地照顾哥哥。她甚至怀疑自己学护理专业的意义。她以为自己喜欢护理专业，其实并不是。她的所谓"喜欢"，也是爸爸妈妈塑造的——他们一直给她看有关脑瘫、护理和医学的书。除此之外，她没有接触过别的书，高考报考专业也只选了这个专业。

那时，冯德超正忙着回老家学校实习，她知道后日益与他疏远了，因为她不想回老家，不想看见爸爸妈妈，不想看见脑瘫的、流着口水的哥哥。

她每天待在梧桐读书会的公寓里。没过多久，她喜欢上了读书会的一个研究生，他皮肤白皙，鼻子尖挺，爱讲笑话。她帮他查毕业论文的资料，帮他做饭、洗衣服。研究生喜欢猫，她特意去宠物商店买了一只带血统证、碧蓝眼睛的布偶猫。公寓里的其他人都觉得猫碍事，还弄得满屋子臭味儿，她就跟他们吵架。有一天，研究生叫她出来吃饭，问她："你喜欢猫吗？"

李玟说："喜欢啊。"

研究生说："你不喜欢。从你喂猫的表情就能看出来，喜欢猫的人从来不躲猫，也不会害怕它。"

李玟说："我在努力喜欢它。"

　　研究生看着她，说："你是不是把我当成了你活着的意义？喜欢就是喜欢，恋爱就是恋爱。如果你想找到意义，抱歉，我不是你的意义，我也不想成为你的意义，这对你不公平，对我也不公平。你给我的压力太大了，我无法承受。"

　　两人大吵一架，第二天，研究生消失了。

　　李玟伤心欲绝，更让她伤心的是，她分不清自己对研究生的感情，到底是因为喜欢，还是只想找到一个意义。

　　留在这里再无意义，她想离开，布偶猫成了她最需要解决的难题：读书会的人不喜欢它，所以不能把它留在公寓，也不能让它流浪。她给室友打过电话，放在寝室养的想法也因为室友意见不统一而作罢。最后她想到了冯德超，打电话问他愿不愿意收留猫，他说愿意。

　　冯德超对她的近况似有耳闻，不过什么也没说，只告诉她：李玟，加油……

　　听到这句话，她忍不住哭了起来。他们的相识就是从这句话开始的。

　　大二那年，学校举办校运动会，在女子 3000 米比赛的跑道上，李玟遥遥领先。每次跑到东南角时，她都听见一个男生发出声嘶力竭的喊声：李玟，加油！李玟，加油！

　　他就是冯德超。

她瞥了一眼冯德超，那时她还不认识他。他戴着眼镜，看起来安安静静的，喊起来的样子却很吓人。

李玟，加油！李玟，加油！

冯德超接着喊。他的声音真挚、强烈，给她留下的印象如此深刻，以至于很久之后，这个声音仍会出现在她最软弱的梦里。

最后一圈，她全力向终点冲刺，冯德超也快速冲到终点。她以 13 分钟 13 秒的成绩撞线，他围着她又蹦又跳，兴奋地说："你破纪录了，你打破了校运动会的纪录！"

李玟一边放松腿部肌肉，一边问："我们认识吗？"

"不认识。"冯德超坦白地说，"你跑步的时候像公主一样。"

从此，他们认识了。她经常去 2 号食堂吃饭，冯德超就在 2 号食堂门口等她。她吃麻辣烫，他也吃麻辣烫；她吃烤鸡排，他也跟着吃烤鸡排。他是个值得喜欢的人，如果不是他非要回老家，她也许会为他养一只猫。

随后，她辍学来到北京，第一份工作就是在月球旅馆当前台。离开后，李玟曾经找过我，让我给她开离职证明。

我半开玩笑地说："可以给你开，不过，我有个条件。"

李玟紧张地问什么条件。我说："你不是要找人生的意义吗？当你找到人生的意义时，必须告诉我。"

我特别想知道答案。

李玟去了一家新媒体公司，这家公司新上了一个读书会的项目，在全国各地招募代理商。她在梧桐读书会积累了不少经验，正好能派上用场。她学到了以前从没接触过的东西，认识了形形色色的人，发现每个人都有弱点和不堪的一面。她还曾跟一个同事同居，然后一起创业。

当我再见到李玟的时候，她已经跟那个人分道扬镳，做的项目也失败了。

她打算回老家，让她做出这个决定的是哥哥的一个电话。

很久以来，她都不接爸爸和妈妈的电话。这次爸爸急了，让哥哥给她打电话。别人的电话可以不接，哥哥的电话却不能不接。

他在电话里问："姐姐，你什么时候回来？"声音里充满了依恋。他以前说完整的字都很吃力，现在却能利落地说出一句话，显然练了很长时间。

哥哥画了一个长着翅膀的天使，让李玟看，然后说："她是姐姐。"

李玟眼前浮起了哥哥呆笨而天真的脸，自己以前竟然希望他死，太可怕了！泪水忍不住夺眶而出。

哥哥又说："爸爸要和你说话。"

"玟玟，"爸爸的声音显得格外苍老，"你辍学了？"

李玟回了个"嗯，"她以为爸爸知道她辍学一定会暴怒，会指责她，骂她，但是她想象的情景没有发生，爸爸甚至没有生气，只是轻轻地说："我去跟学校谈谈，看能不能保留学籍；你要是真不想上学，就回家帮我打理生意吧。"

李玟回老家之前，我给了李玟一个礼物，我特别想问她一个问题：找到人生的意义没？话刚到嘴边，我又咽了回去。

她看出了我的心思，坦然地说："这两年我认识了很多人，经历了很多事，虽然还没有找到人生的意义，但是，我有了寻找人生意义的能力，我可以判断什么是有意义的，什么是没有意义的。"

半年之后，李玟给我发微信，说她在老家的万达广场看见了冯德超，他已经结婚生子，推着婴儿车从她身边走过。两人相视一笑，他说："李玟，加油……"

他的声音温暖而真挚，如果她能搭起意义的宫殿，那个声音一定是照亮宫殿的烛光。

很多人跟我说，自己现在虽然过得还不错，但总觉得

哪里不对劲儿，觉得不踏实和惶惑。这是因为，人是追求意义的动物，但意义往往隐藏在潜意识里，只有当它被送入我们的意识时，我们才能觉察它、追求它、塑造它，才能把它整合到生活中。从这个角度说，未经审视的人生，不值得一过。当然，在审视人生意义的时候，它会看起来很危险，会威胁到已经构建起来的自我世界；同时，它同样充满诱惑，能引领我们开启更丰富和更自由的人生。

镜像人生

世界上至少有两种游戏，一种可称为有限游戏，另一种为无限游戏。有限游戏以取胜为目的，而无限游戏以延续游戏为目的……有限游戏参与者在界限内游戏；无限游戏参与者与界限游戏。有限游戏由其边界来定义，而无限游戏则由其视界来定义。

——詹姆斯·卡斯

"南橘北枳"说的是，一粒种子在某个地方可以长成又大又甜的橘，换个地方却长成又小又酸的枳。

如果有一天橘和枳突然有了人的意识，在镜子里看见自己和对方后，它们开始怀疑人生：这是我吗，这是我吗？然后异口同声地说：哇哦，原来我可以长成这样。

同一粒种子，发展出不同的存在。

有些人毕其一生都未曾拥有这样的镜子，有些人则很幸运，比如苏菲。

苏菲是 Sunny 的朋友，出生在重庆旁边的县城万州，细眉细眼，高颧骨。

苏菲知道，以自己的长相，在美女如云的重庆根本没有竞争力。她大学的时候偷偷地喜欢过一个男生，那个男生经常和她眉来眼去，她以为男生也喜欢她。直到有一天在食堂吃饭，她排在男生的后面，听见男生和另外几个人谈论女同学，他说："苏菲啊，颧骨高，杀人不用刀。"

她不明白这话的意思，但明显不像一句好话。这时她才知道，他之所以看她，并不是在眉目传情，只是觉得她的高颧骨有问题，下意识地盯着看而已。

就像小时候发现别人脸上有胎记、牙齿不齐或者肢体残疾时，你会不由自主地盯着看一样。但是你的妈妈会提醒你，不要盯着别人的缺陷看，这是没教养的表现。显然，那个男生的妈妈没有提醒过他。

除了苏菲之外，寝室里的所有女生都有男生追，苏菲觉得自己像个异类。

大学毕业那年，她坐火车回老家，对面一个油腻中年男跟她搭讪，那人声音好听，只是个子矮，手指又粗又短，像被人拍开的五瓣大蒜。

她差点跟他下了火车，只是她不喜欢他大蒜一样的手指。

月球旅馆刚开张的时候，苏菲来住，那时她已经工作了几年，仍然没有男朋友。

谈起那段经历，我问苏菲，为什么没跟那个中年男人下火车？

苏菲说："我非常渴望跟他下去，但不知道为什么，就是没有。"

后来她又说，好像有一百双眼睛在盯着她，有一百个声音警告她不能下车。

Sunny 问："那你怎么解决性问题？你是夹腿族？"

苏菲一脸茫然，这个问题对她来说超纲了。

2017 年，苏菲遇到了一点麻烦。

她是小学语文老师，但她最不想做的职业就是老师。

她的家人都是老师，爷爷是，姑姑是，哥哥也是。爸爸更是在教师进修学校工作，是老师的老师。老师这个职业对她来说就是生命的重复。在她高考填报志愿的时候，她首先把师范专业的选项排除掉了。

爸爸问她："你不想当老师，那你想干什么？"

听到爸爸这个问题，苏菲有点慌，她只知道自己不想干什么，却不知道自己想干什么。

再用那粒种子打比方，她不知道自己是什么样的种子。假如知道自己是什么种子，她就可以决定自己长成橘，还是长成枳，可她不知道。仔细想想，其实很多人活得都挺"随缘"，学什么专业"随缘"，做什么工作"随缘"，爱什么人"随缘"，从没想过内心真正想要的是什么，发自内心热爱的是什么，让我们热泪盈眶、奋不顾身的又是什么。

于是，她只好又在高考志愿上选了师范专业。高考时，她特意漏掉了数学最后一道大题。她的想法是，如果自己的分数不够，就不用上师范了。万万没想到，那年生源不足，虽然她的成绩低于控制分数线，还是被师范院校提档了。

真是阴差阳错。

没有男朋友，时间多如狗。工作之后，她发现自己教的学生会有情绪和行为上的问题，就在课堂上引入了 SEL

（社会情绪学习课程）。她出于好心，可是这些内容与考试无关，家长怕耽误孩子的成绩，就把她举报了。苏菲是个急脾气，到家长群里跟他们争论，随后对骂，结果又被家长举报了。

那段时间她的情绪很差，比没有男人追还差。

她的朋友圈充满了抱怨，我把她屏蔽了。

此后的两年，我和苏菲再也没联系过。

2019 年元旦，我和几个朋友去清迈跨年。当天晚上，我们在湄平河放天灯，成千上万的天灯从河畔缓缓升到夜空，像橘红色的精灵一样盘旋起舞。Sunny 在刷朋友圈的时候，发现久不联系的苏菲也在湄平河边，就在我们不远处。

我们穿过熙熙攘攘的人群，在塔佩门前见面了。我们兴奋地拥抱，比他乡遇故知更开心的，应该是他国遇故知吧。随后，我们去了古城里的酒吧。人们全去河边放天灯了，酒吧显得格外冷清。

我们问苏菲，什么时候来的清迈，她说来了两年。

原来她在这里办了工作签。

苏菲讲起了她的故事。

2017 年暑假，她为了散心来到清迈，晚上和朋友去酒吧喝酒。酒吧里有几个法国男生，其中一个卷头发、碧蓝眼睛的男生一直看苏菲，还朝她举杯微笑。苏菲心里恼怒，以为他在看自己的高颧骨，于是转过脸去。那个男生走过来，坐在她旁边，他叫阿兰，用生硬的英文和她套近乎。他们就这么认识了。第二天，他们一起去了素贴山、帕辛寺和夜间动物园。第三天，他们去了曼谷。阿兰温柔、体贴，来自法国南特，给她讲那里的城堡、教堂和电影节；苏菲则给她讲重庆的历史和火锅。

说不上是谁勾引的谁，他们自然而然地滚了床单。那是她有生以来最美好的回忆。苏菲认真地问他："你觉得我漂亮吗？"阿兰说："你是我见过的最美的女孩儿。"

苏菲说："没有吧，我的颧骨很难看。"

阿兰听不懂颧骨这个英文单词，苏菲就让他用手摸自己的脸。

他懂了，说："你可能不知道，这里是你脸上最美的部分。"

听到这里，Sunny 带着醋意说，小心别被居心叵测的男人骗了。

苏菲说："他要带我回法国结婚，我没同意。第一，我还没有准备好；第二，我又遇到一些更有趣的人，有医生、鼓手、调酒师，还有一些修行者。"

每个人都很好，也都对她很好，就像这座城市一样。最重要的是，这一切都让她重新发现了自己：她是美的，她是受欢迎的，值得被追求。

一天晚上，苏菲独自站在湄平河边，忽然觉得自己融入了清迈的夜色中，有种灵魂出窍的体验，她感觉到自己与世界产生了某种神秘的连接，有种内在的力量从她的身体深处醒来，遍布四肢，那是一种难以言喻的愉悦。

也许蝉从旧壳中挣脱出来的时候就是这种感觉。

那几天她的内心充满快乐，觉得一切都充满快乐，河边的树充满了快乐，随处可见的 7-ELEVEN 充满快乐，塔佩门边的鸽子充满快乐，甚至角落里的微尘和砂粒都充满快乐。

世界在与她的快乐共振。或者反过来说也可以，她的快乐引起了世界的共振。

这时我们才发现，眼前的苏菲与以前的苏菲完全不一样。她的脸上闪着由内而外的自信，完全没有以前的自我设限。

暑假结束之前，苏菲回国办了辞职手续，托朋友在清迈找到了一个幼教的工作。在这里，她可以给孩子做

SEL，可以做树屋，可以做戏剧教育。当她看到一群小朋友在树屋里由拘谨到疯玩时，她从来没有如此喜欢过老师这个职业。

在多元、包容而且不贵的清迈，她找到了属于自己的镜子。

2019 年元旦，我和 Sunny 喝多了，在灯火繁华的深夜，为了另一个苏菲。

自我
探索

六个梦

Dream 1 🌙

天真者： 自我觉醒
安全VS冒险

天真者是每个人最初的样子，是一切的起点，也很有可能是一切的终点。

你是那个闯进白月光里的小孩儿，四处都是明晃晃的亮，但你不知道，你正走在最深的夜里。

一份强大的天真，是少年独有的武器，天真地信任，天真地出发。

而你终究会发现，天真有裂缝。

Dream 2 🌙

探索者：认识你自己
责任VS意义

每个人都是在宇宙中流浪，
但没有一个人是一座孤岛。
在自我探索之路上，当一些人还在纠结关系中的琐碎得失，另一些人已经开始享受孤独。
确立个体存在的意义，与联结他人的责任，一定是矛盾的吗？
你要给出自己的答案。

Dream 3

破坏者：自我修复
归属VS独立

信任的陷阱，是暗夜中最幽深的一段。

怀疑，坠落，更深地怀疑，仿佛进入死循环……

拼命寻找立足点，却似乎总也落不到尽头。

那么不如破坏到底，去看看破碎背后究竟藏了什么。

黑暗时刻，要成为你自己的光。

Dream 4 🌙

战士：为自己而战
受困VS探索

总有那么一个时刻，你会觉得受够了！

只有这时候，你才甘愿走上纷乱的舞台，为自己而战斗。

一个人的棱角，必须禁得起对立与撕裂，扛得住诋毁与质疑，才能在岁月中慢慢出只属于你的独特形状。

做你自己的战士。

Dream 5 🌙

爱人者：与自己和解
融合VS边界

真正的成年人，一定有自己的边界，同时非常尊重
他人的边界。

有需要时敢于寻求帮助，而不依赖，心有余力时乐
于支持他人，而不滥情。

付出，是一种悦己悦人的分享，而不是求取关爱的
筹码。

你值得，像爱他人一样，先爱自己。

Dream 6 🌙

魔法师：成为真实的自己
控制VS自由

魔法师历尽生命的考题，有目标，有信念，有力量，有边界，更有爱。也许是时候，回答那个终极问题——我是谁？

跟随生命之流，时刻保持觉知，到了号角响起的时候，别错过。

愿每一个努力生活的人：

尽情活在这个世界，而不属于它。

5
PART

真实
被讨厌的勇气

一个人的棱角，必须禁得起对立与撕裂，扛得住诋毁与质疑，才能在岁月中慢慢长出只属于你的独特形状。做你自己的战士。

愤怒家庭

对于每个人而言，世界从来不是客观的。我
们感知到的事物，从来不是事物原本的样子，
而是经过我们思维处理后的事物。

——阿德勒

　　月球旅馆隔两条街有家宠物医院，老板叫淑玲，30多岁，东北的，温婉可人。我家金毛总去那里做美容，这些活儿都是店员打理，我和她交集不多。有一次那条傻狗不知怎么吞了颗核桃，我急忙带它去宠物医院，淑玲给它做了手术，把那颗核桃取了出来。然后她问我狗是不是吃自己的便便，我说没太注意，她说狗通常不会整颗地吞核桃，除非有异食癖，让我回家观察一下，如果狗吃自己的便便，就给它补充微量元素。

　　从此之后我们熟了。

　　有一天深夜我路过宠物医院，看见淑玲坐在马路牙子上，跟她打招呼，她好像没听见。我走过去才发现她在哭，工服还没来得及脱。她双手抱着肩膀，眼睛直勾勾地盯着前面的公交站牌，哭得很投入，旁若无人。公交站牌上是女明星给牙膏做的广告，女明星优雅地露齿微笑。

　　在这个充满笑的世界，她的哭显得尤其仓皇。我在她身边静静地站着，等她哭完，问她怎么了，她才看见我。

　　那一天，她替父亲还完了所有的债。

　　用淑玲的话说，她有一个很糟糕的原生家庭。在她的记忆中，父母总是为一些鸡毛蒜皮的事吵架，互相指责。那是她童年无法抹去的梦魇。高考前一天下午，淑玲回家，因为鞋没有脱在地垫上，被母亲指着鼻子骂。她非常郁闷，心里想：明天我就高考了，难道鞋没有脱在地垫上比这个还重要吗？那天晚上父亲回来晚了，母亲怀疑他在外鬼混，又和他吵。淑玲只好出去找旅馆住了一宿。她心里充满了愤怒，但是不知道应该恨谁。上大学时，母亲跟父亲离婚，她选择跟母亲一起生活。独身后的父亲被人骗去赌博，欠了一屁股债。她不忍心看到父亲被人家剁手剁脚，就一点一点地替他还，偷偷地，不敢让母亲知道。

大学毕业后，她没有留在老家，她想脱离那个让她"内心充满愤怒，但又不知该恨谁"的环境，只身一人来到北京，结婚，又离婚。

我们渐渐熟悉起来。有时客人会寄来当地的特产，吃不了的时候我就给淑玲送去，淑玲有时也会来旅馆喝杯酒。

情人节那天，我借着酒劲儿对淑玲说："要不然我给你介绍一个男朋友吧，非常优质。"

Sunny 抢着说："你可别信她，要是有优质的男人，她会留给你？"

淑玲哈哈地笑起来，随后说："我有一个男朋友，也想早点结婚。我的原生家庭太糟糕了，父母离婚，我非常害怕重蹈覆辙。"

　　在淑玲看来，原生家庭就像诅咒一样，她觉得家族的命运会重复发生在她身上。她的父亲或母亲遇到什么人，她也会遇到什么人；她的父母离婚，她也会离婚。事实也确实如此。她已经离过一次了，而前夫的很多行为和父亲相像。

　　Sunny 说："原生家庭、原生家庭的，你说得挺顺口，是不是上过很多课？"

　　淑玲说是。

　　Sunny 说："原生家庭像个钉子，当你心里有个钉子，会觉得满世界都是锤子。"

　　淑玲疑惑地看着她，她只听说过"当你手里有个锤子，看满世界都像钉子"，她以为 Sunny 喝多了，说错了。

　　"没错，"Sunny 说，"人们不一定受原生家庭的影响，但是一定会受对原生家庭的看法的影响。你觉得父母离婚，你也会离婚，这就是一个钉子。当你有了这个观念，老公和你吵架时，你首先会想到的是，那就离婚吧。吵架不就是离婚的兆头吗？反正我也要离婚。当你老公做了一点点错事的时候，你首先想到的是，我妈遇到这样的人，我肯定也会遇到这样的人，他的行为不证明他就是这样的人吗？这就是，你心里有个钉子，会觉得满世界都是锤子。

所以，你必须先拔掉这颗观念的钉子。"

淑玲看看我，又看看 Sunny，半信半疑。

淑玲确实想结婚，想有一个完整的家。她想考察一下男友的人品，而考察人品的最好的办法就是旅游。

他们去了东京、京都和大阪，初期的行程还算愉快，除了男友路痴、恐高和不会做旅游攻略。他们错过了东京塔，但是去了银座；错过了岚山，但是去了金阁寺和二条城。在大阪，他们没有错过什么，但是他们在那里吵了一架。那天晚上他们来到心斋桥，逛完了道顿堀，想吃大名鼎鼎的蟹道乐，排队的人特别多，而淑玲饥肠辘辘，筋疲力尽，想随便吃点东西就回去休息。

男友认为日本美食不可辜负，他在日本有个同学，就问同学心斋桥有什么好吃的，同学发来了十几条链接，他想一个个地找。淑玲实在走不动了，站在马路中间，声嘶力竭地说："我哪儿都不去，我只想吃个面！"这时马路上车流滚滚，男友觉得危险，就过来拉她，她愤愤地把他推开了。男友最终蛮横地把她拽到了人行道上。

回来之后，淑玲就宣布跟他分手。

"太粗暴了，他太粗暴了。"淑玲向我们抱怨，"他的行为跟我爸一样，我爸就那么对待我妈！"

　　她给我们带回来两瓶梅酒，我们基本没怎么喝，全让她自己喝了。

　　Sunny 看着空瓶子说："瓶底那点能留给我吗？"

　　淑玲把瓶子推了过去。

　　Sunny 说："你还是没有把那个观念之钉拔掉。"

　　"我怎么拔？明明就是家族诅咒。"淑玲看起来非常痛苦。

　　Sunny 说："原生家庭对人还是有一点影响的。但它并不是像你想象的那样。它的影响之处在于，你会继承父母的性格模式和行为模式，比如你执拗地站在马路中间——"

　　淑玲非常生气，她想不通 Sunny 为什么把责任推到自己身上，没等 Sunny 说完，她站起来走了。

　　剩下我们苦笑。也许我们应该附和她说，是的，所有男人都在向渣的路上狂奔，没有一个例外。

　　淑玲又回到了自己的世界，独身，专心地照顾猫狗。她遇到的男人没有一个不在伤害她，可是她遇到的狗没有一个伤害过她。

　　她是第一个到宠物医院的人，也是最后一个离开宠物医院的人。

有一天早上，她来到宠物医院，打开防盗卷帘门，突然发现里面玻璃门的钥匙不见了。本来两个门钥匙是放在一起的，因为有个员工离职，她重新配了钥匙。她还想着把两把钥匙放在一起，因为忙别的事，就忘了。她责怪自己，翻遍全身，仍然没有找到钥匙。她又急又气，一脚踹在玻璃门上。

脚踹在玻璃门上时，她突然觉得这一幕非常熟悉。为什么这一幕会如此熟悉？她想了一上午，终于想到了。在她上初中的时候，有一天父亲晚归，敲门，她和母亲睡着了没听见，他就一脚踹在门上。当淑玲听到巨响起床时，看到父亲一只脚狼狈地插在门的木板里，怎么拔也拔不出来。

淑玲后来跟我说，在那一刻，她猛然觉得也许 Sunny 说的是对的，她继承了父亲的行为模式，比如在门打不开的时候踹上一脚。她可以不必像父亲那样，而是找一个锁匠。

那天，淑玲拨通了男友的电话，因为她觉得，她找到了与男友相处的方法。至少，她不会在门打不开时踹上一脚。

后来，我们接到了淑玲的婚柬，准新郎是一个出版社的编辑，身材不高，文文弱弱，湖南人。

　　每个人都有自己感到安全和舒适的模式，每个人在处理事情的时候最先使用的就是这个模式，因为他习惯它、熟悉它、依赖它。但是，它可能会束缚你，限制你。比如，多疑的人，无论谁向他示好，他都会觉得他人别有目的；悲观的人，无论遇到哪种快乐，都会觉得不现实。也就是说，我们被模式化了，模式成为我们的主人，替我们做决定。

　　但是，你拥有另一种选择：在丢了钥匙的时候，模式让你一脚踹开门，你也可以选择"不"。因为你才是自己的主人，你才能替自己做决定。

永远救不回来的兔子

未完成的事情、未满足的需求、未解决的情感问题、未意识到的渴求和梦想，这些都是我们的阴影自我。我们竭尽全力去避开一些事情，但这些事却总是拽着我们，努力引起我们的注意……虽然我们小心翼翼地将自己的阴影自我控制和隐藏起来，但它终有一天会想办法冒出来，到那个时候，我们就会突然遇到一场危机。

——芭芭拉·安吉丽思

认识东哥的时候，他在门户网站当主编。我刚入行不久，是出版社的编辑，找他推广一本新书，东哥痛快地答应了，中午还请我吃饭。

求人家办事，人家还请你吃饭，还是我工作以来第一次遇到。

东哥是少年天才，18 岁从北大毕业。毕业之后去了某大型英语教育集团，给创始人当助理，然后就开启了完美的躲避财富之旅。

他从教育集团辞职去了某大型门户网站，教育集团上市；他离开门户网站去了图书网站，门户网站上市；他离开图书网站去了美妆网站，图书网站上市。他离开美妆网站，又去了天猫。后来他又离开天猫，在一家汽配网站做运营总裁。

东哥真的是天才。他做过教育、财经、图书、美妆和金融，每个行业他都能分析得头头是道，但是他总会得出悲观的结论，然后，他就选择离开。

有段时间他辞职在家，经常来旅馆和我聊天。他知道得太多了，大到国际关系、地缘政治、经济走向，小到俞敏洪、李国庆、逍遥子的奇闻轶事。只要挑起一个话头，他就能吧啦吧啦地给你一个演讲。我本来是个话密的人，但是在他面前，我根本插不上嘴。

我生日那天，约了七八个朋友过来玩儿，有男有女，有熟悉的，有不熟悉的，当然也少不了东哥。

吃完蛋糕之后，我们围着桌子真心话大冒险。问题包括：你对自己的死有预感吗？你与母亲的关系好不好？上次你是在什么情况下哭的？上一次性经历是和谁等等。

东哥觉得这个游戏特别无聊，说去厕所，回来之后就在吧台一边喝酒，一边刷手机。

我喊他："东哥，该问你问题了。"

东哥说："你们玩吧，你们玩吧，我回个消息。"

于是我们继续玩。

轮到珠珠（她是 Sunny 的前同事），我一个一个地问，她一个一个地答。第八个问题是你最糟糕的记忆是什么。

珠珠说："我小时候住在农村，家里养了一只兔子，它叫小白，白毛红眼睛。我那时不合群，没有朋友，同学总欺负我。小白是我唯一的朋友。我开心的时候跟它玩，不开心时也跟它玩，没人说话的时候就跟它说话。它好像能听懂我的话。有一年夏天，我带它在家里的菜园子吃白菜，邻居的狗突然跑过来，咬了它几口。它的脖子流了很多血，我用手堵，没用；用菜叶堵，也没用。它就这么在我手上，慢慢地死了。我本以为会出现奇迹……"

桌子上很安静，我感觉自己的眼角有点湿。抬头看，每个人的眼睛都闪着泪光。

珠珠轻轻地说："这是我最糟糕的记忆，我没有办法救那只兔子，我总有一种无力感，直到现在都有。"

我拍拍她的手，说："那是你的内在小孩，当你是小孩子时，弱小无力，但是你现在已经长大了，你现在有能力救兔子。"

散场之后，东哥要加珠珠的微信。这次是珠珠第一次和他见面，彼此完全不熟，她有点迟疑。东哥说："我小时也养了几只兔子，放在院子的笼子里，母兔子后来下了一窝小兔子。我记得那年夏天，有一天下了一晚上的雨。早上我打开兔子笼，发现小兔子不怎么动，我拿起一只才发现它快没气了，它的屁股上爬满了蛆。小兔子一个接一个地死了，然后母兔子也不行了。爸爸让我把母兔子扔了，我拎着它的耳朵，把它放在了后院的草垛上，我想给它吃点药，也许它能活过来。我又回到屋子里找了一瓶药，那是给爷爷治便秘的药。因为我想，小兔子的屁股上爬满蛆，可能是因为它们便秘了。我掰开它的嘴，把药塞进去，然后就坐在草垛边等。结果看着它慢慢死去，我非常沮丧。"

珠珠笑笑，同意加他为好友。

那时珠珠有男朋友。2017年情人节，珠珠说准备结婚，让我们准备好份子钱，可是没过几天，她突然跟男朋友分手了。

我们也没多想，这个城市分分合合，太正常了。

Sunny怂恿东哥追珠珠，东哥自觉比珠珠大七八岁，怕被珠珠嫌弃。Sunny说：七八岁算什么呀，又不是七八十岁。她煞费苦心地给东哥和珠珠制造机会，凡是有珠珠的地方，一定叫上东哥，有东哥的地方，也一定叫上珠珠。两人都属于慢热的类型，加上一个在城南，一个在城北，叫到一起实属不容易。

有一次Sunny发火了，打电话骂东哥："这比我自己谈恋爱还累。我这边求爷爷来，那边求奶奶来，有一个不来的，我就落埋怨。你是大老爷们，就不能主动点儿？"

东哥似乎被骂醒了，开始主动约珠珠。他们进展得挺顺利，一起看电影，一起爬山，一起吃米其林的馆子，还买了情侣的Nike鞋。

珠珠一直租房住，因为房主涨价，她准备搬家。东哥虽然完美地错过了很多钱，但是没有错过房子。他早早地在北京三环内买了房，虽然不大、有点破旧，但住着非常舒服。他跟珠珠说，要不你搬到我那里住吧。

珠珠没同意。

东哥就陪着她四处找房子。

年底，我们约东哥和珠珠吃饭，珠珠说有事没来，东哥一个人灰头土脸地来了。

我们感觉有点不妙，问他出了什么事。在我们的逼问下，东哥说和珠珠分了。

"为什么？"Sunny 大呼小叫起来，"我当媒人从来没成功过，以为你们能成，怎么也掰了？"

原来，东哥的那家汽配网站前段时间正忙着融资，他是 COO，又有黄金履历，辩才了得，所以老板让他负责与投资方谈判。那段时间他特别忙，珠珠给他打电话，他不是在飞机上，就是在赶飞机的路上。

珠珠没有办法接受，就提出了分手。

东哥怎么解释都不行，上周，他和珠珠认真谈了一次。

他问珠珠："你跟前男友马上就要结婚了，为什么没有结？"

珠珠说："因为他在准备婚礼的时候没入心，穿什么婚纱、用什么婚车都不管，怎么接待亲戚朋友也不管。这样的人，我能跟他过吗？"

东哥说："我跟你说过，我养过很多兔子，我非常喜欢它们。它们一窝一窝地死，我感觉很不好，直到你在朵拉的生日聚会上说，我才知道那是无力感。我在好几家特别喜欢的公司工作过。当这些公司出现一点小问题，合伙人分手、出现竞争对手、夫妻吵架时，我就感觉很糟糕，认为公司不行了。这种糟糕的感觉，其实就是救不了兔子的无力感，我觉得自己没有办法、没有能力面对这些问题，就像我没有办法救我的兔子一样，于是我选择放弃。你也一样，你前男友的问题，包括我的问题，都可以解决。但是你不去解决，因为你的内心也有那只永远也救不回来的兔子。"

珠珠拼命地哭。

东哥说："朵拉说得对，那时你还小，你没有办法救那只兔子；现在你长大了，但你的内心还停留在那个无力的时刻，你不知道自己已经有能力了。"

爱情有它独特的逻辑，不爱，有一万个理由；爱，一个理由也不需要。

最终，东哥没有说服珠珠，但是他说服了自己。他对着我们说，只要老板不撵他，他就跟公司死磕到底。在认识珠珠之前，他感觉汽配市场没有前途，公司马上要完蛋，他正想找什么借口跟老板辞职呢。

　　如果我们过去有一段不舒服的人生体验，使我们产生了不好的情感记忆。当我们再面对相同或相似的情境，那个不好的情感体验就会再次被触发，我们会产生消极的理解和应对模式，它会控制身处其中的人，控制我们的注意力、视角及行为。身处其中的我们，往往意识不到自己为什么这么做，就是想逃避某个情境，害怕、讨厌某个情境。这其实是那段经验在我们的潜意识里捣鬼。要想摆脱它的控制，我们首先应该问自己，是这个人、这件事、这个情境让我讨厌，还是它们触发的以前的情感体验让我讨厌？当这么问自己的时候，经验就从潜意识领域跳转到意识领域。

定向思考者

我们都是一团硬块，需要被敲开；而我们的
错误与缺陷都是心的盔甲上的裂缝，透过这
些裂缝，我们的本色才能显现。

——伊丽莎白·莱瑟

万榕的公司赚钱之后，经常约一大拨朋友吃饭，她聪明、犀利、有品位，喜欢在饭桌上给我们讲她遇到的渣男，或者听我们讲遇到的渣男。万榕有过五六次失败的情感经历，对方要么自私冷漠，要么拈花惹草，每一次都让她痛彻心扉。她在豆瓣上建立了一个渣男主题的群组，很多豆友分享她们糟糕的经历和沮丧的情绪。她感同身受，索性做些课程，抚慰这些受伤的心灵，后来成立了公司。她听的故事越来越多，有的男人因为害怕在女友的手术单上签字中途逃跑；有的男人瞒着妻子欠了一屁股高利贷；最让人匪夷所思的一个故事是，有个女孩儿的老公竟然跟自己的弟妹私奔了。这个女孩儿生活在农村，村里这边打个喷嚏，那边就能听见。她觉得没法在家里待了，就流落异乡。万榕越来越认为，男人不值得。她说这句话也是公司的价值观。

公司的规模越做越大，万榕需要招聘一个助理，在众多的简历中，她看中了一个叫小孟的女孩儿。小孟漂亮、机灵，和万榕有几分相似，做过编辑，懂得内容，唯一让万榕不满意的是，她的父亲不暴力、不酗酒，她的男朋友也没做过越轨的事，连她家的公狗都不四处撒尿。在小孟的世界里，男人都温暖而有力量，所以她没办法恨男人。

万榕给她上了几次课，讲她所知道的案例，想改变她对男人看法。小孟说这样的男人毕竟是少数吧。万榕说怎么是少数？咱们的群组全是这样的故事。小孟说，因为咱们的群组是有标签的，吸引了同类的人，同类的声音和同类的观点，但这不是全部的事实，在群组之外，还有好男人。万榕认为小孟的世界是虚假的，小孟认为万榕的世界不真实，两个人谁也说服不了谁。万榕无奈，就没让小孟过试用期。

万榕攒了笔钱，想在公司附近买个二手房，委托房产中介找房源。那个中介是一个广西的小姑娘，温柔体贴，本来是学化工专业的，阴差阳错做了中介。每到周末，中介就都带着万榕去各小区转。公司在市区的核心地段，周围的小区要么破旧不堪，要么贵得厉害，因此，中介就开车带着万榕去郊区。万榕嫌郊区远，中介又陪她回到市区，一句废话都没有。万榕心里不安，加上公司的事也忙，看了个差不多的就想订了。路上她们闲聊，万榕问中介是不是单身，中介说不是，她有男朋友，在广西。她想下半年辞职回家结婚生孩子，中介说："否则，男朋友就不要我了。"听到这句话，万榕突然愤怒了：为了一个男人辞职，值得吗？她回去就把中介拉黑了。

　　有一天跟万榕吃饭，席间几个人说养狗的人有爱心，我拿东哥举例，说不养狗的人更有爱心。东哥喜欢动物，但是从来不养动物，因为他小时候养过兔子，全病死了，他害怕没有办法照顾动物，所以他更有爱心。她们问东哥到底是个什么样的人。Sunny 添油加醋地说了他几年来的困顿与波折。也许他是生活里从来没碰到过的类型，也许是因为 Sunny 说他可能是唯一不渣的男人，万榕突然来了兴趣，想认识东哥。那时我们正热衷于保媒拉纤，就特意为他俩攒了几个饭局。他们对彼此的印象似乎都不错，而且都是高效人士，不久就腻在一起了。再参加万榕的饭局，东哥俨然以男主人自居。万榕还是会在席间聊渣男的话题，但是在结尾，必定要补充一句：我们家东哥除外。

　　转眼过了小半年，这期间，万榕再也没有约我们吃过饭，我们隐隐觉得有点不对劲儿，又不敢问万榕。于是，好事之徒 Sunny 找了个借口把东哥叫来了。他满脸颓废，强装微笑，完全没了男主人的模样。他聪明绝顶，知道我们的目的，也不用旁敲侧击，自己直接说了。虽然万榕在饭局上口口声声说"我们家东哥除外"，但她其实早已预设东哥是渣男。她几乎知道所有男人犯错的方式和路径，她不担心在东哥身上找不到蛛丝马迹。为了证明她的预设，她开通了他手机的位置信息，查看他的银行流水，诸如此类。那时东哥在新公司正忙，下班的时间也晚，再被万榕折磨一番，差点生无可恋。东哥说，万榕是个聪明人，甚至比我还聪明，但是她是个定向思考者。如果人的思考被定向，就谈不上聪明；如果人的聪明被定向，就离邪恶不远了。

所谓的定向思考，是指只围绕一个观念或者念头思考，它好像蚕茧一样把人深深缠住，让人与外面的世界隔绝，只在这里自我论证、自我愉悦，再也看不见外界的观念或者信息。

2018 年，我在正念训练营遇见了小赵，他也算是一个定向思考者，或者说在某个阶段是定向思考者。他刚大学毕业，在北京的公司上班，哥哥在老家照看父母。年中小赵分到一笔奖金，他想给哥哥买块 5 000 元左右的光动能手表。自从有了这个念头，他的那段人生就被定向了。

他先是在淘宝、京东寻找这个价位的手表，比较哪个款式好看。在查找的过程中，他发现这个价格可以买到瑞士的机械表，因为他对机械表不熟悉，就去搜索机芯、品牌级别和评价，等等。吃饭的时候，睡觉的时候，上厕所的时候，他无时无刻不在搜索。他在这件事上花了太多的时间和注意力，工作进度都受到了影响。他觉察到了问题，发现自己太偏执了。可是，他在搜索的过程中体验到了某种快感和亢奋，好像上瘾一样，让他欲罢不能。两周之后，他决定还是买光动能手表。拿到手表时，他短暂地清醒一会儿，他发现这款手表根本没有想象的那么漂亮，于是办了退货。既然图片和实物不符，他就去看实物。他又从一个商场跑到另一个商场，从一个专卖店跑到另一个专卖店。

小赵说，他感觉自己好像被买表的念头催眠了，就算老板开除他，他也不会停下来。等他精挑细选买到手表寄回家里后，他以为这件事就结束了，可是并没有。他总觉得那块手表似乎不太适合哥哥平时打扮的风格，克制不住再买一块甚至几块手表的念头。

还有一种定向思考，表现为丢三落四，通常是因为做一件事的时候，想着另外一件事。比如，写稿子的时候，昨晚的真人秀节目还挥之不去；或者，刚刚炒股票亏了钱，心有不甘，想扳回一局。这样的思考方式影响到现在的情绪、思考和行为，让你无法聚焦于当下，让你的认知失真。我有个朋友经常把银行卡落在自助提款机里，因为取款时她特别担心旁边的人看到自己的银行卡密码。于是，她小心翼翼地保护自己的密码，精神高度紧张。取完款后，高度紧张的精神放松了，她就忘了取银行卡。

对于类似的定向思考者，正念训练营的老师说，首先，不要把注意力放在评判或赶走那个念头上，如果这样的话，那个念头反而会以更强烈的状态出现。其次，应该把注意放在当下，放在当下的每个瞬间，呼吸，身边的花朵，看到的每个人，不要为已经发生的和没有发生的事所困扰。

陌生人或者上帝

事情已经发生了，自有它发生的理由。我未
必能够知道，但我必须接受已经发生的一切。

——萨提亚

当我们说一个人很"自我"的时候，其实是指弗洛伊德意义上的"本我"，即人不受社会化约束的无意识反应。阿昆就是一个很自我的人，他说话全凭无意识冲动，没有经过意识的加工，只图自己痛快，从不顾别人的感受，率性而为。其实这种人单纯、可爱，没有那么多心计，我们能一眼看到他的无意识。

我们愿意跟阿昆玩儿，一个原因是他的咖啡馆里存了不少好酒，他每次来都会主动地拎两瓶；另一个原因是和他相处没有压力，你永远不用猜他到底在想什么，他想什么都会说出来。就像猫一样，猫是很"本我"的动物，不受社会化的约束，想干什么就干什么；狗则是很"超我"的动物，受社会化约束很深，总会讨好你。所以很多人越来越喜欢猫。

阿昆与璐姐的相识缘于夏季的香八拉徒步。他加入了一个户外群，与七八个人相约去香八拉线徒步，因为没人愿意当领队，阿昆临时当起了领队。这个户外群是拼凑起来的，有男有女，有强有弱。璐姐是最引人注目的一个。她30多岁，上海人，风姿绰约，在户外圈里绝对算美女。大家彼此不熟悉，阿昆以为他们经验丰富，就带着他们走最有难度的大香八拉。走到四分之一时，几个女孩子体力渐渐不支，带的水也所剩无几。如果再向前走，很有可能发生危险，阿昆急了，就跟她们嚷嚷。说进山之前，他征求过她们的意见，她们口口声声地说你定你定，等他决定了，又抱怨他。这是什么意思？

这时，璐姐说话了。

"你是征求过她们的意见，但从她们的装备和带的水看，她们根本不知道大香八拉多少公里，小香八拉多少公里。"

阿昆说："你们这么菜，进户外圈干吗？"

璐姐说："她们对户外的理解与你不一样，她们认为在奥体走一圈也算户外。"

阿昆气得想原路返回。

璐姐提了个建议，她知道一条线路，能很快到达香山。香山有卖水的，可以在香山准备好水和食物，看体力情况再决定走哪条路线。

阿昆奇怪："你对香八拉的线路比我熟，为什么不当领队？"

璐姐说她不想当领队。

阿昆想了想，璐姐的存在很奇怪，要么是上天派她来砸自己场子的，要么那条线路没有她说的那么近，他决定还是顺原路返回。

这件事让阿昆耿耿于怀，他特意问了资深的旅友，得到的答复是，在大香八拉确实有条通往香山的近路。阿昆越想越不明白。不久，群主又约几个人穿越香八拉，并且露营。阿昆见璐姐也去，就报了名。这次徒步比上次顺利，到达露营点望京楼，他们各自支好帐篷，简单吃了东西，玩了会儿牌，就准备休息了。璐姐没有睡意，坐在石头上看星空，阿昆走过去，挨着她坐下，说："我特别想知道，你为什么不当领队？"

璐姐就那么一直看着夜空，好像没听见一样。她那么安静，仿佛和夜色融为了一体。过了好久，她才轻轻地说："我跟你讲讲我朋友的事，你看看谁对谁错。我朋友是做素食的，生意做得不错。她喜欢素食，也相信素食，生病的时候自己调配素食吃，很少去医院。她还出版过两本书，讲什么样的素食能治感冒，什么样的素食能减肥，什么样的素食能调月经。她有个三岁的女儿，聪明、漂亮，眼睛跟她长得一模一样。她把女儿视为掌上明珠，老公对女儿的爱更是达到了宠溺的程度。前年冬天特别冷，女儿突然发起高烧。她按照自己书上写的，给女儿准备了素食配方，让她吃下去。结果高烧没退，老公要送女儿去医院，被她阻止了，她坚信素食可以治好女儿。而且，如果素食能治好女儿的病，她还能把它当成案例，把它写进课程。等到第三天，女儿烧得越来越严重，他们只好把孩子送到医院，可是已经晚了。"

阿昆说："是你女儿？"

当有人说我跟你讲讲我朋友的事，其实就是她自己的事。

璐姐没有回答，眼中闪着泪光。她在心中把这件事讲了几百遍，却从来没有从嘴里讲出过。她不知道为什么今天晚上要跟一个不熟悉的人讲，也许它只能跟陌生人或者上帝讲吧。

阿昆说："如果要论对错，肯定是你老公的错。因为他是男人，你是女人，他应该承担更多责任。"

璐姐说："老公比较弱势，她比较强势，所以总是她做决定。"

阿昆注意到她一直用"她"来代替"我"，知道她现在还没有办法面对自己，于是说："所以你不想当领队，是因为你害怕再做决定？所有的决定都会有好的结果和不好的结果，做决定的时候，你就要准备承担不好的结果。"

每个人的内心都有一个供奉完美自我的神殿。璐姐想跟女儿说抱歉，想跟老公说抱歉，但是她不敢说，她害怕那个供奉的完美自我从神殿跌落，粉身碎骨。

阿昆说："你老公如果是个男人，就应该承担起这个责任，他太懦弱了。"

她又沉默了，老公从未和她谈起过谁对谁错，因为他担心她的精神会崩溃。对她来说，这像一个悬而未决的审判，她希望他能主动提起，哪怕是离婚。

夜越来越深，两人各自回帐篷。

后来，璐姐很少玩户外了，也许是很少跟阿昆一起玩户外。他们仍在一个群里，却基本不说话。几个月后，阿昆翻看璐姐的朋友圈，看见她发的照片，她挺着个大肚子，脸上洋溢着微笑，她怀孕了。一个懦弱的男人搂着她。背景是香港迪士尼，几个蹦跳的孩子无意中闯进了镜头。他没法看见她更多的照片，因为他们彼此非对方好友。

那天，阿昆拎了几瓶红酒来找我们，似乎想把自己灌醉。红酒喝光，他说我给你们讲讲我的事。

几年前，阿昆的妈妈诊断出淋巴癌，他和哥哥都很孝顺，想不惜一切代价治好妈妈的病。医生采用了化疗加使用靶向药的治疗方案，几个疗程后，效果非常好，各项指标都在朝好的方向发展，癌细胞基本被清除。医生说靶向药可用可不用，哥哥认为医生说可用可不用，那就可以不用。阿昆觉得，为了安全起见，应该让妈妈多用一个疗程的靶向药。哥哥不如他强势，只好答应了。结果，这个充满孝心的疗程导致了严重的骨髓抑制，本已好转的妈妈很快就离开了人世。阿昆没觉得自己做错什么，他也不是想让我们评判他的对错。只是在听了璐姐女儿的事后，他突然想把藏在内心的故事说出来。

这样的故事只能跟陌生人或者上帝讲吧。我们不是他的上帝，所以我们成了陌生人。

从此之后，阿昆再也没找过我们。

心理学对创伤的定义是，那些对人的情感构成沉重负担的、由于生活中不常出现而让我们缺乏可参照的应对模式的经历。有些创伤对自我来说过于沉重，剥开这些创伤，容易导致自我崩溃。我们需要一个安全和全能的地方，搁置创伤和内心的隐秘，没有评判和定义，只有抚慰和观照，直到自我平安落地。

被封印的人生

你跳不出这个世界，是因为你不知道这个世界有多大，一旦你知道了，你就超出了它。

我怎么能知道呢？我翻了无数筋斗也翻不出去，难道你用脚还能走出去么？

可是边界并不一定在远处啊。

——今何在

2019 年一个秋雨的午后，月球旅馆里没什么客人，我闲极无聊，窝在沙发里，打开了哔哩哔哩（bilibili），看《小丑》的剧情介绍。那时《小丑》还没在国内公映，杰昆·菲尼克斯还没获得金球奖影帝。当主人公在日记本上写下：比患上精神病更糟糕的是，人们想让你表现得像个正常人。我突然想起了表哥云周。

云周是我认识的人中最早考上 985 重点大学的，他其实跟《小丑》的主人公没有什么相同之处，他没有精神病，更没有杀过人，只是有四个乳头。

小时候他没有觉得四个乳头有什么不对，他以为所有人都有四个乳头。直到有一次他和小伙伴去河里洗澡，他们在河里游了一会儿，穿衣服时，小伙伴打量他的身体，惊异地问：你怎么长了四个乳头？然后他才发现小伙伴只有两个乳头。

他长四个乳头的事在班级里传开了，几个顽劣的孩子精力无处发泄，经常掀开他的上衣，邪恶地玩弄他长在腹部的乳头，一边玩弄一边嘴里发出咂咂的声音，还问他有什么感觉。那时云周喜欢前桌的女孩儿，也不能叫喜欢，只能说是情窦初开的好感。那些孩子当着她的面捉弄他，他无比窘迫，只想找个地缝钻进去。

云周非常聪明，小学时就表现出异常的数学天赋，数学老师经常拿一些奥数题让学生做，只有他能做出来。聪明人更敏感，对外界的刺激感受更深。

他意识到自己与正常人不一样。

蒋方舟曾经在圆桌派上讲，她进入青春期时，为过早发育的胸部而自卑；我前男友在小学时曾经因为自己长得高、站在第一的位置而长时间惶恐不安。他们都想像"正常人"那样，不想自己像个异类。他们的这个问题可以解决，因为上中学之后，他们会发现更多胸大和个子高的人。

很长一段时间，云周都偷偷地观察小伙伴、邻居以及爸爸。他们身上都是两个乳头，他想找跟自己一样有四个乳头的人，却从来没有找到过。他陷入了恐慌之中。

云周的妈妈早就发现他不爱说话，以为他是性格内向，没想到是因为他的四个乳头。

《小丑》里的主人公不是一下子就疯的，而是在持续的恶意对待下才疯的。云周也是如此。也许就是这种相似的经历，才让我在看《小丑》时想到他。

云周从小学升入初中，认识的同学少了一批；从初中升入高中，认识的同学就更少了。他以为只要小心翼翼地避免身体被别人看见，就不会有人发现他的异常。可是高一的时候，意外还是发生了。他获得了省物理竞赛二等奖，消息传到学校，几个同学挑衅似的站在他面前，说：我知道你为什么这么聪明，因为你是多头怪。他们把云周按倒，脱掉他的上衣，用准备好的涂色笔在他的四个乳头上分别画了邪恶的粉红圈圈。

这是云周妈妈跟我妈妈讲的，她是个善良的山东阿姨，一口胶州方言。她责怪那几个同学欺负老实人，却没有想到给孩子做心理疏导。那时的人普遍没有心理疏导的概念，自家的孩子被人欺负，不把自家的孩子骂一顿就算不错了。

云周的人生被四个邪恶的粉红圈圈封印了。此后，他的人生就在这个封印中打转。

他考上了重点大学。大学期间，他需要与其他男生共住一个寝室。夏天，无论寝室多热，他都穿着背心，从来不像其他男生那样赤身裸体；去浴池洗澡，也只等人最少的时候。

大二那年夏天，云周和室友在操场打篮球，室友都脱掉了球衣，露出或肥或瘦、或白或黑的上身。室友让他也脱，他理所当然地拒绝了。室友早就视他为怪咖，想趁他不注意脱他的球衣，他死死地拽住，指甲断了，两个人都没拽过他。他不想让他们看见自己的身体，为了想保护自己的隐私，他拼了命。

那是云周有生以来第一次打架，他把两个室友打成了脑震荡，幸亏辅导员保他，妈妈又千里迢迢地跑来道歉。最终，学校给了他一个行政记大过的处分。

他结过一次婚，半年就离了。据说是因为吵架。

爱人之间总会把缺点和痛处呈现给对方，而吵架时我们总会往对方的缺点和痛处戳。所以，了解你的人才会伤你更深。他越来越敏感、多疑。他在老家的钢铁厂工作，始终没有办法与人正常相处，错失晋升的机会，渐渐淹没于人群之中，默默无闻。

2010 年，云周妈妈给我打电话，说云周有个自动化的发明专利，问我能不能帮忙找个买家，还把设计图纸和专利号发给我。云周妈妈问我工资多少，我说了，她用胶州口音说："妈呀，是云周的好几倍。"

我问："云周是搞技术的，为什么不出来？"

云周妈妈说："他走不出来了。"

那年云周 40 岁，而他的人生，被封印在高一。

萍姐也有一段被封印的人生，她是我们圈子里名列第二的富人。

萍姐跟云周的年纪差不多，同属 70 后。

高中有一次演讲，因为时间紧张，班主任挑信得过的学生上场，于是选了萍姐。演讲的排场很大，在学校的操场上，前排坐着校长、副校长、教务处主任和所有老师，电视台记者也来了，扛着摄像机。演讲开始，萍姐是第一个。走到麦克风前时她朝前面一看，全是人，她从来没有独自面对过这么多人。

大脑瞬间短路，她忘词了。

时间停顿下来，世界无比安静，现场无比尴尬。她看到校长正用嘲讽的眼神看着她。

她一个字也没讲出来，灰溜溜地走下台。回到座位后她才发现，因为太紧张，后背出的汗湿透了衬衣。

后来，没有任何人跟她提过演讲的事，好像这事儿从来没有发生过。但是，她跟自己过不去，眼前总闪现出忘词时的尴尬场景。此后，她特别害怕老师提问，同学盯着她时，她总能从中看出嘲讽的意味。

她变得羞涩、不敢与人对视，如果着急，还会口吃。

她的人生被封印在演讲忘词儿的那个时刻。

她没考上大学，高中毕业后去了北京，在一家商场当营业员。她其实不适合当营业员，但这是她唯一能找到的像样工作。

那时，成功学非常流行，有个大师在培训行业风生水起。这个大师在饭局上吹嘘，说他的培训如何改变人生、让人成功。一个朋友听得不耐烦，说：你学生中确实有成功的，但他们原来就是成功者，跟你的培训没半毛钱关系。要不咱们打个赌，随便找个没有任何基础的人，你给他培训，他成功了，那才说明你牛。

于是，大师和朋友走进商场，他们选中了当营业员的萍姐。

萍姐此前没有接触过成功学，也没听过大师的名字，她之所以愿意追随他，是因为"改变"两个字打动了她。

大师要求萍姐做的第一件事就是学会演讲。

啊？萍姐懵了，她的人生不就卡在演讲上吗？

熟谙心理学的大师听她讲完以前的经历后，说："只要你听我的，你就能把心里的那道坎儿迈过去。"

他通过催眠让萍姐重返高中演讲的现场。

"你把我想象成校长，现在你开始向我演讲。"

　　萍姐张不开口。她把演讲失败造成的创伤压抑得太深了，没法释放出来。

　　有些人可能会产生疑问：不就是一次失败的演讲吗？不就是一个嘲讽的眼神吗？有这么严重吗？

　　有。

　　这与我们的心灵敏感度有关。有些人对一个眼神就很敏感，有些人则对血肉模糊的车祸现场反应迟钝；有些人会因为爸爸的一句责备自杀，有些人就算被父母遗弃也能坦然面对。敏感或迟钝，没有好坏之分。我只是想说：人有自由意志，他可以选择面对创伤的方式——既可以沉浸于创伤，也有能力从创伤中摆脱出来。

　　大师带萍姐去十渡，那里有国内第一家蹦极平台，距水面 48 米。萍姐站在平台上，在工作人员的帮助下系好绳索，从平台一跃而下。

　　他们又去了青龙峡，那里的蹦极平台高 68 米。萍姐哆哆嗦嗦地一跃而下。

　　接着他们又去了朝阳公园，那里的蹦极平台高 76 米。站在相当于 20 层楼高的地方，萍姐腿都软了。跳下去的时候，她发出了声嘶力竭的呐喊。

　　结束后，大师看着她说："前两次，你一声不吭地跳下来，你知道我有多担心吗？我以为你一直不会喊。现在你终于喊了，释放了，你可以再试一下演讲了。"

萍姐真的可以演讲了，压抑的创伤解除了，她的封印解除了。

被压抑过的人生一旦释放，会寻求更多的能量；被封印的人生，一旦解除，会寻求更多的自由。萍姐开始了她的开挂人生，当然，也经历无数波澜。近几年，大师因为涉嫌传销渐渐淡出公众的视线，萍姐也与他渐行渐远。

但是，每次提起大师，她仍心存感恩：没有他，就没有我的现在，没有现在的我。

一个心理学老师曾说过，不应该关注我们本身的创伤，而应该关注我们本身的力量。每个人或多或少都会遇到某些创伤，但是不能让它成为我们的焦点，我们不应被创伤圈禁，而应该尝试唤醒内在的力量。

我的嫂子是乌克兰人。有一次回家没带钥匙，她就翻墙跳进去了，结果摔成重伤，在医院服用大量药物之后，发现身怀有孕。孩子生下来之后，脚趾残缺。他来中国之后，妈妈特意提醒我，不要关注孩子的脚趾，也不要盯着他的脚趾看。可是，孩子会在我们面前骄傲地用他残缺的脚趾给我们变魔术。

因为他觉得那不是一个缺陷，而是一个奇迹。

6
PART

转变
全然投入去生活

跟随生命之流，时刻保持觉知，到了号角响起的时候，别错过。踏上你自己的英雄之旅。英雄有一千面，每一面都是你。

看不见的世界

我们无法看见的时候，就看不见我们无法看见的东西。我就是这样，我以为自己能意识到无意识的东西，然而仔细想想，怎么可能呢？我们的阴影自我就是这样，它被我们隐藏起来了，如果我们不愿意面对它，它就永远隐藏。

——芭芭拉·安吉丽思

"你是不是经常沉迷于毫无意义的东西？你知道它毫无意义，也想摆脱它，可又没有办法摆脱它。"

修表人老莫问正闷头玩《第五人格》游戏的马丁。

老莫是马丁小姨的前夫，自从他们离婚之后，马丁几乎断了与老莫的联系。他们都曾喜欢过音乐，老莫沾满灰尘的吉他不知道躺在哪个角落，只有当他在修表店的抽屉里看见那个金属指拨的时候，才会想起自己的风光；马丁断断续续地搞了几年音乐，却始终没搞出什么动静，渐渐地没了心气儿。他怀疑自己缺少天分，套句流行的话说，他是个"才华有限青年"。现在，他的大把时间都花在玩游戏上，这样他就不必质疑自己缺少音乐天分了。

马丁关掉手机，他试图掩饰，说："我也不是经常玩儿，只是偶尔玩儿。"

老莫看出他在掩饰，说："你知道我为什么在这里修手表吗？因为只有在修手表的时候，我才会内心宁静，不被焦虑控制；你知道我为什么焦虑吗？因为我放弃了喜欢的东西，它成了一个未完成事件，它烧灼我，让我觉得自己支离破碎，不完整。你也一样，你喜欢的东西就是你的天分，就是你的生命力。当你的生命力被压抑了，它就会寻找另外一个渠道释放，让你沉迷于毫无意义的东西。这样一来，你会觉得空虚、愧疚，然后为了填补空虚和愧疚，你会更加沉迷于毫无意义的东西，这是一个恶性循环。"

他把装好电池的手表递给马丁，说："我很久没看见你爸了，他是个好人，我和你小姨离婚时，他替我说了很多好话。可惜再也不能跟他一起喝酒了。"

手表是马丁爸爸的，爸爸拙于应酬，怕见到老莫不知道该说什么话，所以才打发马丁来修手表。

马丁回到家里，爸爸接过手表，问老莫最近怎么样。

"他头发乱糟糟的，可能半年没剪过；胡子拉碴，脏了吧唧。"马丁说，"中午吃剩的泡面摆在柜台上，店里一股馊味儿。附近如果有第二家修表店，我绝不会去他那里。"

爸爸叹了口气，说："他已经自我放弃了。"

半夜，马丁仍然没睡。半年前，几个朋友邀他组建一个乐队，但是他拒绝了。因为他特别讨厌鼓手。那个鼓手可能觉得自己长得比较帅，总是一副颐指气使的样子。他们在几家商场的开业庆典上同台表演过，马丁对他的观感极差，暗暗发誓再也不跟他合作。

他给朋友打电话，问乐队组建得怎么样了。

朋友半开玩笑地说，没你也组建不起来啊。

马丁说那咱们找个机会再商量商量。

　　很快，乐队组建起来了，第一件事就是找排练室。马丁以前的排练室租的是市区西边一个楼盘的售楼处，每天晚上等售楼处的员工下班后去排练。那个楼盘还没卖完，售楼处仍然在，他们能继续在那里租单间，房租便宜还不扰民。鼓手却想租在市区东边，那里有个高考辅导班，可以与辅导班共享一间教室。鼓手说东边是生活区，虽然价格高了一点，但购物交通都方便。

　　在鼓手的坚持下，大家同意与辅导班共用教室。马丁知道，鼓手之所以想租东边，真正的原因是离他上班的地方比较近。

　　排练的时候，鼓手的女朋友也来，坐在鼓手的旁边，在他打鼓的空当喂他各种零食。马丁简直讨厌死了，故意找碴和他吵架。吵了几次之后，他就找借口不去排练。乐队名存实亡，但是他分摊的租金一分不少地交着。

　　马丁心情烦乱，不知不觉走到了老莫的修表店。正犹豫着要不要进去，老莫看见他，招呼他进来。

　　"你干吗魂不守舍的？"老莫问。

　　马丁说："上次你跟我说了很多，都挺有道理的。我跟朋友组建了乐队，只是乐队里有个鼓手非常讨厌，搞得我都不想干了。"

老莫嗯了一声，慢慢地说："你仔细想一想，是因为讨厌鼓手才不想干的吗？"

马丁毫不犹豫地说是。

老莫说："人总会合理化自己的行为，给自己找一个让自己能接受的借口，甚至是让自己离开和失败的借口。你仔细想一想，是不是你对自己搞音乐还没有完全的信心，所以你自己设置了一个障碍，就是那个讨厌的鼓手。这样，你就会认为自己退出和失败不是你自己的问题，而是别人的问题。"

马丁没有承认，也没有否认，他在观看自己的内心，到底是真的讨厌鼓手，还是如老莫所说，是自己给自己设置的障碍。

"所以，你要给自己一个承诺，给自己一个决定，这样，你追求的东西，就会与以前有完全不同的含义，它会变成你自身的一部分，你不会再给自己设置障碍，而是会想尽办法地解决障碍。"

马丁说："我试试吧。"

老莫毕竟是搞音乐的，认识不少圈里人。他给马丁介绍了一个鼓手，这个鼓手年纪有点大，又把自己的徒弟介绍给马丁，他的徒弟叫娜娜，是个脚踝上有刺青的女孩儿。

　　娜娜去过排练室几次，与大家配合得还不错。其实大家都不太喜欢那个鼓手，只因为没有备选方案才忍而不发。有了娜娜，他们再也不用藏着掖着了。鼓手渐渐发现自己不受欢迎，和马丁大吵一架后，再也不来了。

　　乐队偶尔接一次"商演"，比如商场开业、周年庆典，有时认识的朋友结婚，也让他们去助兴。他们还在视频网站上做直播，但粉丝寥寥无几。每当马丁提着电吉他去排练室，妈妈总说，你可别像老莫似的，搞音乐搞得妻离子散。马丁在监理公司做工程监理，去年妈妈按着他的头，让他考了二级监理工程师资格证。他压根不敢跟家里提辞职做音乐的事。转眼几个月过去，当初搞得挺大的动静渐渐沉寂。马丁沮丧，所有人都沮丧。他们要付排练室的房租，排练完还要再大吃一顿，这倒没多少钱，关键是他们看不到未来。

　　娜娜对马丁说："要不你去问问老莫？"

　　马丁说："老莫知道啥，他要是知道，也不至于混成这样儿。"

　　娜娜说："我师傅说他投过一个音乐网站。"

　　马丁听小姨语焉不详地提过，他们也是因为这件事儿闹的离婚。他不觉得老莫能有什么更好的建议，但是架不住娜娜念叨，又去了修表店。

等马丁说完他的困惑，老莫说："我给你讲讲我的过去吧。我刚出道时做原创音乐，又去酒吧驻唱，认识了一堆搞音乐的。其中有个人叫大志，他原来在挺有名的公司做销售，辞职后跟朋友合伙做了个音乐网站，为这个网站，他把房子都抵押了。做网站非常烧钱，而且，他也看不到未来。最困难的时候，连工资都开不出来。他的头发眼看着变白，可是他才 40 岁出头。他的压力非常大，大到有时独自开车去山里，一直开一直开，希望能滚落山崖，这样就能一了百了。但是大志特别有人格魅力，虽然开不出工资，仍然有一帮人愿意跟着他。"

马丁插话道："娜娜说你投过一个音乐网站，就是这个？"

老莫的脸抽搐了几下："是的。我在大志最困难的时候撤资了，因为我，用你的话说，看不到未来。那时我和你小姨还没离婚，她每天跟我闹，每天晚上做噩梦，逼我管大志要钱。大志不知道从哪里筹到了钱，给了我——我这么做就是落井下石。"

他深深地喘了口气，接着说："大志不停地尝试，从原创音乐到票务，后来又做歌手经纪，最后，有个大平台看中了他的音乐网站，想用它导流，花一大笔钱把它收购了。因为这件事，我跟你小姨互相怨恨，婚姻也没能维持下去。你说，我是不是一个失败者？"

"你曾经失败过，但不是失败者。"马丁说。他心里五味杂陈，最主要的是替老莫感到懊丧。

老莫苦笑说："后来我不断反思，我的失败跟你小姨无关，还是我的原因。独自一人是没有办法到达他看不见的世界的。你知道阿里吧？对，就是那个拳王阿里，他刚出道的时候还没有那么优秀，他本身存在很多问题，力量不足，步伐不标准。他挑战一个传奇拳王，所有人都以为阿里必败，但是阿里在赛前研究了传奇拳王的所有资料，他怎么出拳，怎么移动，甚至跟他的朋友聊天。阿里要知道他的全部想法，要知道他是怎么思考的。最后，阿里赢了。他说，你的拳头打不到你眼睛看不见的东西。同样，你没有办法到达你眼睛看不见的世界。"

马丁明白了，他们得研究对手的模式，研究自己的优势。

他们先是尝试模仿，又尝试搞笑风格、嘻哈风格，最终确定了剧情风格。他们煞费苦心地把每一个作品制作成视频，上传到视频网站，又煞费苦心地给每一个作品起名字，引导评论。2019 年上半年，他们的视频获赞超千万，粉丝几十万。虽然还没有收入，但是他们已经能够看见未来了。

那天，马丁走进老莫的修表店，老莫正准备下班。

马丁说："我们明天晚上想做个直播，你跟我们一起玩吧。"

老莫慌忙说："不不，还是你们年轻人玩吧，我就算了。"

马丁说："吉他都给你准备好了。"

老莫还是拒绝。

马丁说："我爸说你是自我放弃，我不相信你真的自我放弃了。"

老莫在店里转了几圈，捋了捋蓬乱的头发和胡子，说："我得收拾收拾。"

"不用，不用。"马丁说，"这样挺好，你这是朋克风。"

你可以脱离现有的认知和行为，尝试进入一个新世界，整合新技能和资源、形成新的模式，重构生命的意义。这种改变在刚开始可能让你不舒服，你可能会觉得不安、混乱，你会觉得以前所谓的确定性动摇了，但是你超越了自我的局限，拓展了自我的边界和可能性，这就是成长。

角色

许多人千辛万苦地去寻找那个"正确的"角色,并接受这个角色。美国人的一个普遍心理就是希望自己在政治上和社会上做出正确的选择。

——芭芭拉·安吉丽思

娜娜觉得自己太怂了。

师傅是个控制欲非常强的人。每个徒弟都必须保持师傅的音乐风格，不能有自己的风格；每个徒弟去哪里演出，跟什么人交往，也必须得到他的同意。师傅还隔三岔五地假装生病，测试徒弟会不会去看望他。而且，师傅有什么事从来不自己说，非让大师兄在群里说，然后等着一群师兄弟在底下随声附和。娜娜真的不喜欢这样的氛围。她有时候想，干脆退出群算了。但是师傅有名气有资源，圈子里的人都尊敬他。跟师傅闹翻，就很难在当地的音乐圈混了。最主要的是，她性格软弱，做不出这种决绝的事，她唯一能做的就是把群设置成消息免打扰模式。

有一天晚上刚排练完，大师兄打来电话，让她到群里回复信息。娜娜打开群信息，才知道师门发生了一件大事。原来，大师兄在群里用前所未有的严厉语气说，福林背叛师门，已经被清除出群。他让大家别给这个忘恩负义的人介绍活儿，最好把他拉黑。下面是一堆师兄弟拉黑福林的截图。娜娜以前和福林合作过几次，在她的印象里，福林热爱音乐，是师兄弟里少数全职做音乐的。他脸色异常苍白，眼神忧郁，喜欢安静，有时候一整天都说不了几句话。她怎么也没办法把这样的人和背叛师门、忘恩负义联系起来。

　　娜娜去马丁的乐队，算是通过师傅的关系介绍的。她也把拉黑福林的截图发到了群里。她很好奇福林跟师傅之间到底发生了什么，犹豫好久，又把他加回来，问他为什么离开师傅。福林轻描淡写地说没什么，只是想换个环境。娜娜当然不相信，她猜测福林跟自己一样，讨厌群里的氛围。有一次师傅从外地演出回来，大师兄在群里安排大家去接机，她不巧来了例假，肚子疼得厉害，就想躺在床上休息，大师兄硬是逼她给师傅买了束鲜花。她羡慕福林能那么决绝地退群。

　　娜娜是师兄弟里唯一没和福林断绝联系的人，福林心怀感激，娜娜也对他没有恶感。两人的联系渐渐多起来。圣诞节晚上，他们相约一起吃火锅。吃完饭出门，外面下起了雪，娜娜瑟瑟发抖，她手里提着包，福林很自然地弯下腰把她大衣的拉链拉上。在那一刻，如果福林抱住自己，娜娜想，她是不会拒绝的。他们沿人行道走着，大师兄突然和几个人从对面说说笑笑地走过来，与娜娜擦肩而过。娜娜扯了扯福林的胳膊，低声说："刚才过去的是不是大师兄？"福林回头看了看说："是。"娜娜紧张起来："他看没看见我们？"福林说，"好像没看见，路灯这么暗，他光顾着跟别人说话了。"

娜娜心里忐忑，如果师兄看见她和福林逛街，肯定也会认为她背叛师门、忘恩负义。她无法确定和福林的关系，他们虽然互有好感，但是要不要冒着背叛师门的风险，跟他继续交往？她一时拿不准主意，想听听别人的意见。她几个朋友都疯疯癫癫的，没一个靠谱。她脚踝上的文身，就是她们逼她文上的。她左思右想，还是问问妈妈吧，虽然妈妈也不怎么靠谱。妈妈喜欢打麻将，在家里开了个麻将馆，每天都是噼里啪啦的。娜娜本来和妈妈一起住，因为受不了成天到晚的麻将声，无奈搬了出去。在去妈妈家之前，娜娜特意提醒她，今天别玩麻将，我带一个朋友过来让你看看。

当娜娜和福林走进家门，正看见妈妈和几个阿姨在客厅里打麻将。妈妈头也没抬，好像根本没看见家里进来两个人。他们在旁边坐了一会儿，牌局仍然没有停的意思。娜娜忍不住抱怨了一句："妈，我早上不是跟你说，今天别打麻将吗？"妈妈瞄了福林一眼，不带好气地说："什么事儿都找我，还让不让人好了？"说完又接着打牌。房间里的人都尴尬起来，娜娜并没有觉得尴尬，因为妈妈那句话让她的心凉透了底。她强笑着对福林说："我妈肯定输钱了。她要是赢钱，对你千好万好，要是输钱，准没有好脸色。"

福林心思细腻，知道娜娜的顾虑，也知道她的问题所在。

有些人出于对未知的恐惧，会对熟悉的事物产生依赖，哪怕它在侵蚀你、伤害你。他不想点破她，鸡蛋从内部打破是生命，从外部打破是毁灭。所以他选择自己消失了。那天晚上，娜娜独自走路穿越了整个城市，去排练室打鼓，她倒不是因为对福林有多深的感情，只是对自己的无力感到沮丧。

那时马丁的乐队正陷入困境。马丁是个好人，也有音乐天赋，但是他好像有选择恐惧症，最害怕别人让他做决定。要是让他在两个以上的方案中选择一个，简直是要了他的老命。刚开始他们模仿别人，做了几期视频放到平台上，如石沉大海，连个水花儿都没看见。有个人跟马丁说要不换个风格吧。马丁犹豫起来：现在数据差不代表将来的数据差，也许再做几期数据就好了，也可能再做几期数据仍然不好，可是换个风格，数据一定能好吗？马丁迟迟拿不准主意，他们的热情已死，意志消沉，毫无成就感，每天的排练都像是混日子。

娜娜实在受不了，在一天排练结束的时候，说："咱们能不能换个风格？"马丁问："换什么风格？你敢保证换完风格就能好吗？"娜娜硬着头皮说："我不敢保证，但是我想换。"她发现马丁和乐队成员竟然比自己还软弱，比自己还拿不定主意，再这样下去，乐队就要解散了。所有的人都看着她，整个乐队处于"一个人知道去哪儿，几个人在一起不知道去哪儿"的状态，他们太期待有个人替他们做出决定，告诉他们应该去哪儿，无论这个方向通向天堂还是地狱。他们纷纷表示支持，马丁也没有反对。在娜娜的坚持下，乐队又调整了两次形式，最后确定了剧情形式。娜娜逐渐取代马丁，成了乐队的头儿，马丁也不以为意，他乐得将做决定的权力交出去。他们请假问娜娜，去哪里吃饭问娜娜，要不要商演问娜娜。娜娜由一个软弱的角色变成了一个做决定的强硬角色。

大师兄又给她打电话，说师傅的作品获奖，大家要庆祝一下。她想都没想就说不去。在师傅装病的时候，"不去"这两个字就在她的脑海中回旋，她想象怎么才能把这两个字说得婉转、自然，不让大师兄生气，但是始终也没有说出来过。她头一次这么痛快、没有顾忌地说出这两个字。大师兄说她背叛师门、忘恩负义，就让他说去。

福林曾经给她讲过一个寓言：一只小鳄鱼在拇指大的时候被养进玻璃鱼缸里。小鳄鱼渐渐长大，从巴掌大小长到胳膊那么长，它身上的鳞片越来越坚硬，尾巴也越来越强壮。可是养它的人还把它当成原来的小鳄鱼，放在原来的鱼缸里。那个鱼缸对小鳄鱼来说太小了，它没法游动，只能趴在水底下。终于有一天，小鳄鱼甩动尾巴，"啪"的一声，鱼缸被击碎了。娜娜现在明白了这个寓言的意思——有些生命场景养育你，也限制住你，如果你不挣脱出来，就只能趴在鱼缸的水底下，像蛇一样弯曲。

你越长越大，越来越有力量，强壮的尾巴就能击碎那个鱼缸。

我们越来越了解自己后会发现，我们很可能在一天内体验到全然不同的"内在角色"。有时候是无助的、总是责备自己的孤儿；有时候是以爱控制别人的爱人者；有时候是为达目的不择手段的破坏者；有时候是盲目乐观的天真者；有时候是极具创造力的魔术师。自我的成长是螺旋状的，在生活中，每一种角色都会出现无数次。

小米的假期

你对待伴侣的方式，事实上就是你对待自己的方式。你对伴侣付出了什么，就是对自己付出了什么。

——克里斯多福·孟

　　摄影师老潘突然给我和 Sunny 打电话，问怎么讨好孩子。

　　老潘离婚之后，儿子小米一直跟前妻生活。据老潘说，他的前妻是个控制欲非常强的人。他本来在同学的公司当平面设计，前妻觉得同学亏待他，力劝他跳槽，于是他去了一家游戏公司。后来前妻又鼓动他自己弄个工作室，做了两年，俩人每天像俞渝和李国庆那样吵架，最后谁也受不了谁，老潘出轨，俩人分手。

　　他一直过着单身生活，过得有点狼狈，前妻也不希望他见小米，所以他跟儿子越来越生疏，只能在他过生日的时候打个电话。7 月中旬，读小学三年级的小米放暑假，正赶上前妻去外地出差，姥姥又摔折了腿，没人照顾他，于是前妻让老潘帮忙带两周。老潘很焦虑，他只跟孩子生活到 5 岁，现在孩子已经 10 岁了，他完全不知道这个年纪的孩子会想什么，喜欢什么，谈论的话题是什么，所以向我们求助。

　　太搞笑了，找我们支招儿？我们连孩子都没有，支的招他敢信吗？

　　小米来的第一天，老潘心里五味杂陈，既开心又紧张，既激动又辛酸，既想倾诉，又有所顾忌。儿子的样子熟悉而又陌生，10 岁的他和记忆里的他既像又不像。那眉毛、眼睛、鼻子、嘴巴，每个部位看起来都像老潘，他想摸儿子长满浓密头发的脑袋，想捏他的圆脸和精灵似的手指头。儿子只是淡定地看着他，一副拒人于千里之外的样子。他做了两道菜，本来他厨艺就不怎么样，近一年更是靠吃外卖活着，但他觉得自己必须给儿子亲手做点好吃的。

睡觉之前，小米洗澡，老潘想进去帮忙又觉得不妥，想离开又不甘心，站在门口殷勤地问：用搓背吗？知道冷热水吗？用沐浴露还是香皂？用长浴巾还是短浴巾？

小米自顾自地洗着，没搭理他。老潘禁不住胡思乱想：当初和前妻离婚的时候闹得极不愉快，她肯定在小米面前说自己的坏话，让儿子相信他是个坏爸爸，所以孩子才冷眼相对。他犹豫要不要告诉小米，他不是想抛弃小米，只是没有办法和他妈妈继续生活下去。说吧，儿子本来已经受过一次心理伤害，会不会再受一次伤害？不说吧，让儿子误解甚至敌视自己的感觉实在是太糟糕了。

老潘住的是一居室，他特别期待能跟儿子一起睡，又怕儿子不同意，试探着说："你睡床，我睡沙发。"看小米没吱声，又说："如果你不介意的话，我们可以睡在一张床上。"

小米点点头。

他们躺在床上，他想握住儿子的手，鼓了半天勇气，还是没敢。

次日，小米好像对这个家熟了，看他的相机、三脚架和闪光灯，在书架上发现一本水彩写生集。老潘大学是学美术的，那本写生集是他在安徽宏村的写生。小米饶有兴趣地翻看起来，问："这是你画的？"

老潘说是。

小米说："我也喜欢画画。"说着，从书包里拿出图画本。

小米曾经报过一个美术班，上三年级后，妈妈怕耽误学习，就不让他学了，但他还会偷偷地画。小米特别叮嘱老潘，千万别告诉妈妈。

老潘拿起小米的图画本，只看了一眼就忍不住要哭。儿子继承了他的艺术天分，真的太神奇了：他从来没有教过儿子，但是儿子画的线条、色彩，跟他小时候画地简直一模一样。

小米对他亲近多了，把画册放下，问："你和妈妈为什么离婚？因为你外遇？"

老潘冒出一身冷汗，结结巴巴地问："谁说的？你妈？"

小米说是。

"这件事有点复杂，等你长大了我会跟你解释。"老潘说。

他越想越生前妻的气。不让儿子学画画，不就是否定我吗？否定我就算了，为什么还要说我坏话？当初离婚的时候，他们有君子协定，当孩子问为什么离婚，只说性格不合，别的一概不说。扯上外遇的事，不止给孩子留下心理阴影，也给他这个做爸爸的形象抹黑。

老潘又给我们打电话，问怎么改变在孩子心目中的形象。Sunny 说，你带孩子下馆子，吃点特别的东西，打开孩子的味蕾。孩子对气味特别敏感，能记一辈子，孩子再吃到这种东西，就会想到你。老潘说前妻赚钱多，又喜欢吃，总带孩子吃米其林级别的馆子。在美食上他不可能做得更好。

前妻出差前给小米制定了时间表，包括什么时候起床，什么时候休息，每天写多少作业，运动量多少。其中有个特别的任务是跟某某成为朋友。老潘看见时间表觉得奇怪，问小米，某某是谁。原来，某某是小米同年级的学霸，他们住在一个小区，妈妈希望两人成为朋友，但是小米特别讨厌学霸。每次妈妈和学霸妈妈在小区里碰见了，总是说这个学习好那个学习不好，小米每听一次，就讨厌学霸一次。

老潘知道，离异父母最忌讳在孩子面前说对方坏话。

然而，前妻当着孩子的面说他有外遇，让他极其窝火，听到时间表的事，老潘再也忍不住了：

"你妈是个控制欲非常强的人，我和她离婚就是因为她太控制我了，你妈还给我制定过时间表，给我安排特别的任务，谁能受得了，你能受得了吗？"

小米的表情有点迷惑，他有点认同老潘的说法，却又不敢直说。

老潘接着说："你得知道，除非你愿意，否则没人能强迫你。你想干什么就干什么，不想干什么就不干什么。"

他带着小米去了美术馆，然后买了水彩和纸，一起画画，先画小区里的植物，再画从阳台看见的西山，然后他们画彼此的肖像。冷清、沉寂的房子突然变得热闹、温暖起来。小米开心地笑着，牙齿和眼睛都在闪光。当他自然而然地牵住老潘的手时，老潘感受到了他们之间的血脉相连。小米突然问："爸爸，什么是艺术家？"

"嗯，艺术家就是——"老潘慢慢地措辞。

"妈妈说你是艺术家。"

"嗯？"老潘脸热了，"她是这么说的？"

"我上美术班时，她看我的画，说我继承了爸爸的天赋。"

老潘不动声色地问："她还说过什么？"

小米没接他的话，自顾自地说："爸爸，我撒了个谎。"

老潘问："什么谎？"

小米说："你有外遇的事，不是妈妈跟我说的，是我猜的。"

老潘诧异地看着他。

小米说："我班上好几个同学爸妈离婚，都是因为爸爸有外遇，所以我猜你也有外遇。"

老潘趁出来买菜给我们打电话，哭笑不得地说：现在的孩子太精了，什么都懂，竟然跟我玩起了三十六计。我前妻没有当着孩子的面说我坏话，我却当着孩子的面说她坏话，我应该怎么办？

Sunny 说："你给人家恢复名誉呗。"

老潘问："我应该怎么说？"

Sunny 说："你跟你前妻睡了七八年，孩子都有了，你问我怎么说？"

老潘在楼下坐了好一会儿。前妻是个热爱生活、从不隐藏自己的人，而他是个随遇而安、敏感而喜欢隐藏的人。

他们的第一次约会都是前妻提出来的。她像随风飞翔的鸟，而他像围着不存在的树桩绕圈的大象。如果没有她，他不会尝试莫名其妙的菜，也不会去陌生的地方。

回到家里，老潘把儿子叫到跟前，说："我想跟你说说妈妈的事，我说你妈妈是个控制欲非常强的人，我是因为她太控制我才离婚，现在，我需要修正一下我的说法。"

他动情地讲起了前妻的种种往事。

人真是很奇怪的动物，在不同的时间、不同的情绪、不同的视角下，竟然能从同一件事里解读出不同的意义。以前，他从前妻的种种行为中看到的是敌意和否定；时过境迁，他可以从中看到她的情感。

老潘后来跟我们说，在刹那间，他好像拥有了第三只眼。此前他只用两只眼看世界，从那以后，他可以用第三只眼看世界。

小米在老潘的陪同下回了自己小区一趟。他们达成了共识：小米自称特别讨厌学霸，如果排除逆反情绪的因素，他可能没有那么讨厌学霸。他画了张水彩，签上自己的名字，送给了学霸。

前妻的假期结束，接小米回去。小米跟着妈妈渐渐走远，充满留恋地回头瞥了老潘一眼，老潘的心都碎了。

晚上，老潘收到前妻发的微信，大意是她和小米聊天，小米无意中提到老潘说她控制欲强。前妻质问老潘她哪里控制他了，然后一件一件地历数陈年往事，问他哪件事是控制。每句话中都充满了愤怒的情绪。如果在以前，老潘一定会被她的情绪激怒，但是现在他非常平静，因为他用第三只眼看她和看世界。

自我可能是人类进化史上一个很坑的设定，它既是行动者，又是行动的审查者，它往往一厢情愿地陷入自我欺骗或者严厉的自我谴责，而你却浑然不觉。

所以，有时候我们需要摆脱自己的视角，使用第三者视角，重新描述身边的重要之人和重要事件。我们会发现与以前完全不同的理解，有时这种不同会令你大吃一惊。

高光时刻

在每一个死胡同的尽头，都有另一个维度的
天空，在无路可走时迫使你腾空而起，那就
是奇迹。

——廖一梅

我大学毕业不到两年，就有两个男同学相继自杀。一个是高中同学，一个是大学同学。

高中同学跟我前男友关系不错。前男友圣诞节去他家，他正在家里收拾旧书。他把书铺了一地，前男友问他把旧书拿出来干吗。两人聊了一会儿，前男友接到领导的电话回单位加班，高中同学送他到院子里，说，过完元旦去找你吃饭。说完还瞟了前男友一眼。

他没有履约，在元旦前一天自杀了，吃了安眠药。他好像担心自己死不了，还在头上罩了个塑料袋。

前男友回忆起当时的情形，愧疚地说，他瞟我的那一眼很奇怪。现在想起来，那眼神之所以奇怪，是因为充满了绝望。

在很久以后，我才知道高中同学王丰也曾经认真地考虑过自杀。

王丰是那种扎在人堆中怎么看也看不到的人：长相平常，下巴短小，学习成绩中等，不声不响，好像不存在似的。他唯一的爱好是听歌，但也没有那么强烈的喜欢。

他跟那两个自杀的同学竟然很像，无论外貌，还是气质。

大学毕业之后，他回到老家，第一份工作因为没有完成业绩而被辞退。

接下来他频繁地换工作，每份工作做的时间都不长。

然后他又想考公务员，结果赶上当地缩编。

考研，考了几年也没考上。

借钱加盟鱼锅店，半年后倒闭。

一连串的挫败让他格外沮丧，内心充满绝望。我的闺蜜 Sunny 曾经说过，一个人不能在失败中沉浸太久，否则他会严重怀疑自己的价值，会像马丁·塞利格曼的狗一样，陷入习得性无助中，再不想尝试反抗。这时，应该让他尝尝成功的滋味，哪怕斗地主赢两局也行。

王丰的父母可能也是这么想的，就托人给他相亲。

王丰很在意这次相亲，特意买了套西装，给头发做了造型。见女孩时，他拼命地表现自己。他已经很努力了，但女孩仍然没有看上他。

父母无休止地埋怨他，从他上大学开始，一直数落到他开鱼锅店——这也很容易理解，父亲提前病退，在原单位打更；母亲没有工作；一家三口挤在 50 平方米的筒子楼里；还有个姐姐，远嫁他乡。

埋怨成了压倒骆驼的最后一根稻草，他决定自杀。

他喜欢听侃侃的《滴答》，这首歌是根据云南小调改的，他觉得云南是他最想死的地方。他打算留封遗书，想了想又觉得没什么好写的。

在去昆明的火车上，他遇到了江姗。

江姗35岁，离异，在昆明当导游。

江姗以为他去旅游，就问他想去什么地方。

王丰反问她："云南什么地方最美？"

江姗说："云南美的地方太多了，昆明滇池、大理苍山洱海、丽江玉龙雪山、西双版纳、香格里拉。你喜欢什么风格的？"

王丰说："我想找个最美的地方自杀。"

2017年夏天的周末，王丰和江姗住进了月球旅馆。我没有认出王丰，王丰认出了我。晚上下雨，他们没法出去玩，我们就喝酒聊天。

江姗活泼开朗，对我说：王丰说想找个最美的地方自杀，说这句话时声音很轻，不像开玩笑。那时她看了王丰好一会儿，眼泪差点流下来。她经历过前夫出轨、离婚以及各种困难，每次都像人生的至暗时刻，她也曾经起过自杀的念头，所以她特别理解王丰的心情。

江姗说："那我先带你在昆明逛一逛吧。"

王丰答应了。反正死也不差这几天。

王丰借住在江姗家里。房子是一居室，他只能睡沙发。

　　江姗带他去滇池、金马碧鸡坊，又带他去了博物馆，看了本地出土的寒武纪虫子和鱼。看到一个瓮棺时，江珊指着瓮棺上面的小孔说，以前的人认为死后有灵魂，灵魂可以通过这个小孔回家。

　　王丰说如果他葬在瓮棺里，一定要把小孔堵上，他的灵魂不想回家。

　　昆明市内的景点逛完了，王丰要订去香格里拉的票，江姗就给他讲尼泊尔的帕斯帕提纳神庙——人们在巴格马提河边处理亡者的身体，清洗、用布包裹、戴上黄花，然后焚烧，让灰烬顺河而流；给他讲日本最美的墓地，死后可以与 15 世纪的高僧大德葬在一起；给他讲墨西哥的亡灵节，每年的 11 月 2 号这天，亡灵会通过鲜花和蜡烛的指引回到家中。

　　她每天讲一个，王丰知道她在拖延自己的死期。他有点感动，从来没有人这么珍惜过他。

　　他把《滴答》的歌词一个字一个字地写在纸上，算是送给江珊的留念：

　　滴答滴答

　　时针它不停在转动

　　小雨它拍打着水花

是不是还会牵挂他

有几滴眼泪已落下

寂寞的夜和谁说话

伤心的泪儿谁来擦

……

他下定决心离开的那个晚上，两个男人突然找上了门。

原来，江姗当导游的景点被这两个人盯上了，他们跟她要保护费，江姗不给；他们让她去别的景点，她也不同意。不知道怎么找到江姗的住址，这俩人就过来威胁她。

王丰毫不迟疑地站在江姗前面，挡住了他们。

对方嚷嚷道："不想死就滚远点！"

"我想死！"

王丰用坚定地的语气说。

那俩人被惹火了，上来就打。王丰从来没打过架，打架也是被打的那种，但是此时却像愤怒的加菲猫一样，被打倒后对方问：你服不服？他说不服，站起来，再被打倒。又问：你服不服？他说不服，再站起来。

江姗趁机报警，对方跑了。

江姗问他："你还去香格里拉吗？"

满脸是伤的王丰说："我要保护你。"

　　江珊是珍惜他的人，他拼死也要保护她。在那一刻，他意识到自己是有价值的，至少对于江姗来说是如此，他不能随随便便地自杀。

　　每个人都有自己的高光时刻。有人跋山涉水找到自己的爱人，那是他的高光时刻；有人绝处逢生，赢得第一桶金，那是他的高光时刻；有人从平凡逆转，那是他的高光时刻；有人突破自己的局限，那是他的高光时刻。而这一天，是王丰的高光时刻：他发现了自己的价值，他可以不必绝望。

　　王丰留在昆明，当了网约车司机。

　　他和江珊生活在一起，来北京是他们的新婚之旅。王丰的变化很大，最明显的是非常自信，那种知道自己价值的自信。

　　他们住在月球旅馆，我没有给他们免单，也没有打折。

　　只是给江姗包了一个红包。

　　祝福他们。

　　焦点疗法认为，每个人都有内在资源和优势力量，包括幽默感、保护他人、同情心，甚至包括愤怒和怨恨，只不过很多人没有注意或者忽略了，尤其是在他们被某种问题困住了的时候。王丰在保护江珊的那一刻发现了他忽略了的内在资源与优势力量，激发出他的力量和信心，从而产生赋能的感受，肯定自我价值，对未来充满期许。在他接下来的生活中，他会懂得有意识地来运用内在资源和优势力量，然后扩大一点，再扩大一点，之后，他就能看到奇迹时刻。

通天树

请让我的心充满爱，让我拥抱真实的我和真实的他人吧。

这就是我苦苦找寻的勇气，让我可以带着满身的矛盾快乐地生活，真实、完整的自我可能不会轻松地将自己装进他人所期待的容器中。

你会有许多边角。你不会是传统的形状。

但你会是独一无二的珍宝。

当你渐渐成长之后，你的形状还会继续改变，直到你变得既平坦又锋利，既黑暗又光明。像钻石一样，珍贵又绚烂。

——芭芭拉·安吉丽思

2020 年以前，北京经常有些莫名其妙的人摆家宴，有的在周末摆，有的是全天的流水席；有的是主人自己下厨，有的则请专业的厨师。他们没什么目的，有的是图个热闹，有的像罗永浩那样，只为交个朋友。只需要有个朋友带着，你就可以参加这种家宴，不需要花一毛钱。当然，你也会在这种家宴上认识奇奇怪怪的人。

金老师就是其中一个。

她曾经在东北亚的萨满世界游历过两年，见识过萨满在人与鬼神之间沟通信息的景象。在那天的家宴上，金老师小心翼翼地拿出几个丝织的小口袋，每个口袋里都装着金黄色的树叶。她说，这种树叶是通天树的叶子。通天树具有超自然的力量，孕育了整个萨满世界，是连接天地人的神树，它的树叶能让你感应万物，感应所有人的心灵。

我大概猜到了金老师的路数，但是看破不说破，跟大家一起欣赏通天树的叶子。树叶上有虫子咬过的痕迹，与斑驳的叶脉连成了一个脸谱。

我旁边坐着的方静煞有介事地看树叶，似乎很动心，问了价钱，拿起手机要付钱。我跟方静只见过三四次，没说过几句话；另外，也不好当着众人的面搅金老师的生意，就在桌子底下踢方静，提醒她当心。方静没有觉察到，爽快地付了钱，然后仔细地询问金老师怎么使用。

　　吃完饭大家各自离开，我特意跟着方静，问她："你为什么买这片叶子啊？"

　　"因为通天树能通灵，我想知道别人的想法。"

　　"你为什么要知道别人的想法？"

　　"我是一个非常……"方静似乎想找一个合适的词来形容自己，但是想了半天也没找到。"这么说吧，刚才吃饭的时候，其实你没有坐在我旁边。当时坐在我旁边的是一个染绿色头发的女生，后来她跟你换了座位。我当时就觉得，她不喜欢我，或者我说的哪句话惹着了她。"

　　我哈哈地笑起来，说："她可能只是遇到了熟人，想跟熟人聊聊天。"

　　"也许吧。"方静说，"我跟第二任男朋友分手后，有一天下班回家，等电梯的只有我和一个小男孩，电梯来了，我上了电梯，小男孩却没上。我的第一个念头是，这个小男孩讨厌我。我知道这样的想法不对，可是却没有办法控制自己不这么想。"

　　听完方静的话，我没再坚持说金老师是个骗子。

　　方静接连跟两任男友分手。跟第一任男友分手的原因是他睡觉时总背对着她；跟第二任男友分手的原因是他抢不到出租车。她经常记起那个圣诞节的雪夜，她和男友在街头打车，出租车来了，另一对情侣抢先打开了车门。方静跟他们吵架，男友却扯住她，眼看那对情侣上了车，他们则继续在寒风中瑟瑟发抖。

接连的分手让她格外困扰，她有时觉得是自己的问题，有时觉得是男友的问题。她需要通天树，有了通天树，她至少可以不必总是指责自己。

过了几个月，我打趣地在电话里问方静："通天树起作用了吗？"

她煞有介事地说："我感应到了，我感应到了。"

我很好奇她到底感应到了什么。

在过去的小半年时间里，方静按照金老师说的方法，怀揣装有通天树叶的口袋，与各色各样的人交流——与公司的同事交流，与路上摆摊的人交流，在火车上与对面的陌生人交流。通天树叶让她感应他们，让她看到他们的心灵，让她看到他们内在的光明和阴影。

"生命具有不同的类型，"方静说，"比如，那天我要买通天树叶，你不想让我买，在桌子底下踢我一脚，这就是你的类型。可是还有别的类型，有人会直接说出来，不怕得罪金老师；也有人会觉得这种事跟自己无关，选择不说。这就是生命的不同类型。有的人做事只求结果，不会考虑别人的情感，也不会受自己情感的影响；有的人做事只考虑它是否具有合理性，克制自己的情感；有的人只考虑自己开心不开心，不关注身边人怎么想；有的人行走在自己的世界，懒得和现实世界发生关系。"

她感应到自己，也感应到了两任前男友的心灵。

第一任男友睡觉时总背对着自己，是因为他在工作中遇到了麻烦。他属于那种独自舔舐伤口的人，需要独自处理自己的情绪，不想被别人看到。最重要的是，他自己没有觉察到这一点。所以，方静问他为什么总背对着自己，是不是不喜欢她了，他觉得很委屈：没有啊，我只是喜欢这么睡。

第二任男友抢不到出租车，并非懦弱，只是因为他是那种类型的人：他们喜欢独处，不喜欢交际，在人多的时候总是躲在不被人注意的地方，他们不擅长处理人际关系，尤其在发生冲突时，这会消耗他们极大的心力，所以他们宁愿息事宁人。

我问方静："那么，你属于哪种类型？"

方静说，她总是喜欢控制和强迫别人，她强迫第一任男友睡觉时必须面对自己，强迫第二任男友抢出租车。当她失败了，就会非常沮丧，感觉没有人爱她，然后，她会介意别人和不和她一起坐电梯这点小事，并且会耿耿于怀。

我相信每个人的内心都有一粒通天树的种子。在种子没有发芽、生根时，他们通过想象自己在别人眼中的形象来认识自己，用别人的声音来讲述自己的故事，这可以称为自我的漂移——因为自我不在自己的身体和意识里。当种子长成通天树之后，我们的自我更加坚定，会把头伸出来，探索这个世界，沉睡的内心会被自我照亮，活出自己的英雄之旅。

后记

15 年前，初入职场，我就开始困扰于自己如何与他人合作相处，试过"钝感力"假装看不见，试过"高情商"委曲求全……最终发现，我必须先找到和自己舒服相处的方式，学着接纳自己的阴暗面，学着真实地表达自己的观点，学着带着满身的矛盾快乐地生活。

因为工作的关系，我上过国内外很多的课程和工作坊，也读过上百本的心理成长书，但是我还会惊慌失措，还是会情绪暴走，学习到的知识只是种下了一颗种子，让我不再害怕，知道总有办法可以面对，心灵成长的路却总是曲折而反复。当初将"月球旅馆"作为一个品牌创立的初衷也是希望有一个心灵空间，可以陪伴大家一起走过这个幽长的隧道，带给大家些许的放松和小小的力量。

非常多的感谢，很难当面表白，只好写在这里，记住这些情谊。

感谢我们公司的投资人，也是我的心理导师团长，"月球旅馆"这个品牌从初建到今天，经过无数个反复纠结和泥泞的时刻，团长一直给予了无条件的信任与支持。

感谢我的合伙人也是我的好朋友V，感谢她的信任和投注的心力，让这个品牌一点点成长。

感谢董如峰老师在本书创作过程中，给予我的专业指导。

感谢本书的插画师一白，每一张画都是她精心绘制，反复修改，画出了我们自己的心路历程。

感谢壹心理黄伟强，依稀还记得2015年广州初相识，他请我喝咖啡，凌晨12点讲述他的心理学改变世界的梦想，也是他的引领，让我走入心理学的世界。

感谢吴晓波、陶虹、伊能静、乐嘉、末那大叔、青音、陶思璇、吴声、苏然、丁锐、顾及、林少、吴娜妮、张国涛、鲍春建、胡嘉琪、张宝蕊、吴小飘、张专、CHRIS、李可点、刘杰辉、张小白、胡子等朋友毫不迟疑地支持和推荐，感谢你们在每个彷徨时刻的提醒。

感谢我的妈妈，大学毕业后，远离家乡，接触变得很少，年节的见面甚至小心翼翼，很多话想对你说，却也无从开口，你的爱，我一直都能感觉到，这本书送给你，希望你快乐。

最后，感谢阅读了这本书，读到了这里的你，如果这些故事正好与你的生命相契合，或是你有话要对我说，欢迎你关注我们的公众号——月球旅馆，或加我的微信号。

2021 年，我 40 岁了，曾经梦想自己的 40 岁活成一个传奇，但发现自己只是一个连狗血故事都没有的普通人。也是在这一刻，我接受了平庸无奇是我，闪闪发光是我，纠结焦虑是我，勇敢向前是我，兢兢业业是我，自由而无用也是我。人生没有唯一正确的答案，我们都可以活出独一无二的生命版本。

一期一会，我们在"月球旅馆"等你！

朵拉

2021 年 1 月 1 日于北京